MURDER PARTY

MURDER PARTY

AGNÈS LAROCHE

RAGEOT

À Marguerite B.
et Cécile C.

ISBN 978-2-7002-3606-4
ISSN 1766-3016

LOVE, LOVE, LOVE...

Je m'étais juré de ne rien lâcher avant le dessert, mais quand ma mère a posé sur la table une soupe orange qui sentait le surimi et la noix de coco, j'ai craqué :

– Heu, pour mon anniversaire, je voudrais organiser... enfin, je sais pas exactement, genre une soirée pyjama, sauf que ça c'est pour les filles, donc ça serait pas une soirée pyjama. J'inviterais Arthur et les cousins à dormir à la maison, mais comme il y aurait aussi une fille, on peut quand même dire soirée pyjama, enfin je sais pas...

Je me suis arrêté net. Juste à côté de moi, un âne s'était mis à braire :

– Hi-han, une fille ? J'y crois pas ! Hi-han hi-han, une soirée pyjama ! Hi-han hi-han, n'importe quoi !

C'était Noé, mon frangin, toujours prêt à me soutenir dans les moments les plus délicats...
Ma mère m'a servi deux louches de sa soupe bizarre et mon père a humé son assiette, l'air presque inquiet. Pendant quelques secondes, j'ai observé le va-et-vient hésitant de sa cuillère puis j'ai relancé :

– Alors, pour mon anniversaire ?

Mon père m'a regardé en repoussant son assiette sur le côté, peut-être dans l'espoir qu'elle se vide miraculeusement. Il a toussoté, puis il a dit exactement ce que je ne voulais pas entendre :

– Une fille ? Tiens, tiens, tu nous avais caché ça...

Je suis sûr que je suis devenu rouge brique. J'ai eu envie de faire un geste super violent, genre balancer par terre tout ce qui se trouvait sur la table.

À la place, j'ai opté pour un truc super risqué, j'ai goûté le breuvage étrange que ma mère avait concocté. J'ai pris le temps d'avaler, de toute façon je n'avais pas le choix, et j'ai bafouillé :

– Oui, enfin, une fille, un garçon, c'est la même chose, non ?

Ma mère a posé sa main sur la mienne en la pressant doucement.

– Tu invites qui tu veux, Maxou ! Je vous préparerai un petit repas, tu peux compter sur moi. Bon, ce potage, vous en pensez quoi ? C'est pas mal, n'est-ce pas ?

Ce soir-là, quand je me suis glissé sous ma couette, je savais que je n'étais pas près de m'endormir. J'ai ajusté mes écouteurs et j'ai envoyé la musique, le dernier album de Seal. Il chantait en anglais, je n'y comprenais rien, sauf le mot « love » qui revenait au moins dix fois par titre. Love, love, love...

Maintenant que je leur avais annoncé que j'allais inviter une fille, je ne pouvais plus reculer, il fallait que je trouve le courage de le faire. À cette idée, mes mains sont devenues moites et glacées, mon cœur a joué les métronomes détraqués et mes pensées ont commencé à bégayer :

« Marguerite, est-ce que tu... »

« Marguerite, je me suis demandé si... »

« Marguerite, ça te dirait de... »

« Marguerite, je voulais savoir si... »

Marguerite. Mar-gue-rite. La plus jolie fleur de la planète et même de l'univers. Simple, blanche, fragile. Mar-gue-ri...

À cet instant précis, j'ai brusquement ouvert les paupières et j'ai hurlé. Là, assise sur mon lit, une créature sombre au visage trop pâle me regardait fixement, un sourire narquois sur les lèvres.

Noé, mon âne, mon frère.

UNE MOUCHE DANS MA SOUPE

J'ai allumé ma lampe de chevet et j'ai regardé Noé en fronçant légèrement les sourcils, l'air dégoûté, comme s'il n'était qu'une mouche tombée au beau milieu de ma soupe surimi-coco.

– Tu fais la tronche ?

J'ai levé les yeux au ciel sans répondre.

– Allez, c'est bon, je m'excuse. Mais franchement, une soirée pyjama... Alors, c'est qui cette meuf que tu veux inviter ?

Marguerite, une meuf ! J'ai pris le ton dégagé du type dont le carnet d'adresses regorge de filles :

– C'est pas une meuf, c'est juste une fille de ma classe, une nouvelle. Une copine, quoi !

– Et elle va dormir où, la « copine, quoi ! » ?
– Ben, dans mon lit, évidemment !
Noé a ouvert grand la bouche, prêt à braire. J'ai vite précisé :
– Je lui laisserai ma chambre. Les cousins, Arthur et moi on couchera sur des matelas dans le bureau de papa, ça te va comme ça ?
Il a hoché la tête avant de reprendre, l'air préoccupé.
– Reste un sacré problème...
Oh oui, il restait un sacré problème. M'approcher à moins d'un mètre de Marguerite, et lui demander sans bégayer : « Est-ce que tu... » mais ce n'est pas à ça que Noé pensait.
– Maman a dit qu'elle vous préparerait un bon petit repas...
Un bon petit repas de ma mère, ça voulait dire des recettes de son invention, des trucs incroyables auxquels personne, mais alors vraiment personne n'avait pensé avant. La purée de carottes glacée et son coulis de pâté, le tartare de tofu sur son lit de pissenlits braisés et, en dessert, le sorbet tomate-betterave... Le pire, c'est que, dans ces cas-là, elle nous regarde manger en souriant, comme si elle dégustait par procuration. Elle attend des commentaires, forcément. Nous, on attend qu'elle regarde ailleurs et on se bourre de mie de pain, histoire de faire passer le goût.

Oui, un petit repas de maman, ça risquait de casser l'ambiance. J'ai demandé à mon frangin :

– T'as une idée ?

– Oui ! Faut que tu organises une activité à l'extérieur, avec un pique-nique. Attention, tu ne la laisses surtout pas préparer les sandwichs, hein ?

Une activité à l'extérieur, un pique-nique... Ouais, mais il y avait quand même un truc qui me chiffonnait.

– Dis donc, d'habitude, tu te fous complètement de ce que je fais avec mes copains, pourquoi tu t'y intéresses, tout d'un coup ? Tu veux passer le Bafa ?

Noé a adopté la mine blessée de celui qu'on accuse à tort, les yeux grand ouverts, la bouche béante, la main droite sur le cœur.

J'ai attrapé mes chaussons pour les lui balancer dans la figure et il s'est rendu sans plus de résistance :

– OK, j'avoue, je ne suis pas complètement désintéressé. Mais attention, c'est gagnant-gagnant, win-win, t'auras pas assez de ta vie entière pour me remercier. Je t'explique rapidement le topo.

Il a joint ses deux mains, sourcils froncés, aussi sérieux que mon père quand il veut nous parler de notre bulletin, et il s'est lancé :

– Au bahut avec mes potes, juste avant les vacances de Noël, on va organiser un truc géant. Toute la classe y participera, même les profs. Ton anniversaire, ça sera l'occasion de nous roder, de répéter, si tu veux.

– Un truc géant comme quoi ?

– Géant comme une murder party.

MURDER PARTY

Une murder party ?

Moi j'imaginais plutôt une soirée super simple, une soirée DVD par exemple. J'aurais demandé à Noé de me louer *Saw 5*, un film interdit aux moins de seize ans qui fichait vraiment la trouille.

Arthur et les cousins s'installeraient par terre, sur des coussins, avec un saladier rempli de fraises Tagada en guise de dîner. Ils auraient sans arrêt la bouche pleine, avec un peu de chance ils s'abstiendraient de commenter chaque scène.

Marguerite et moi… Eh bien Marguerite et moi on s'assiérait sur le canapé. Elle aurait peur, forcément, alors elle se rapprocherait imperceptiblement de moi, pour se rassurer.

Au bout d'un moment, de façon très naturelle, je passerais mon bras autour d'elle et elle poserait sa tête sur mon épaule. Après, on discuterait un moment, puis on monterait se coucher. J'accompagnerais Marguerite jusqu'à ma chambre et là, elle me tendrait ses lèvres. Embrasser Marguerite...

Sauf que je n'étais pas débile, le pourcentage de chances que ça se déroule comme ça défiait les lois de la statistique. C'était un pourcentage négatif, genre moins cent pour cent. Alors une murder party, pourquoi pas ?

Noé m'a expliqué de quoi il s'agissait. Pour la première fois en presque quatorze ans, j'ai réalisé que finalement, avoir un grand frère présentait certains avantages.

Une murder party, c'est un jeu de rôle grandeur nature, bien plus excitant qu'un film d'horreur. Murder, ça veut dire meurtre en anglais. Un faux meurtre qui serait commis dans le bois du Pertuis, juste à côté de chez moi. Noé et ses deux copains inventeraient un scénario et nous, nous aurions la soirée pour découvrir la victime, les indices, l'arme du crime, le coupable et le mobile. Ce serait une sorte de Cluedo géant où chacun de nous aurait un rôle à tenir.

C'était beaucoup plus cool qu'une soirée DVD. Rien que d'y penser, j'avais des frissons dans le dos. Si Noé n'avait pas été mon frère, je crois que je l'aurais embrassé. Je me voyais déjà le lendemain, à la pause, m'avancer vers Marguerite et lui proposer, l'air décontracté : « J'organise une murder party pour mon anniversaire, ça te dirait de venir ? »

– Tope là ? m'a demandé mon frangin.

J'ai acquiescé en heurtant mon poing fermé contre le sien. Il m'a ébouriffé la tignasse puis s'est levé en précisant :

– OK, j'appelle tout de suite Manu et Brahim. Tu vas voir, on va te le gérer comme des pros, ton anniversaire !

J'ai éteint la lumière, je me suis blotti sous ma couette et je n'ai pas tardé à m'endormir, sourd au petit signal d'alarme qui tintait dans un recoin de mon cerveau ensommeillé.

MARGOT

Quand j'ai déboulé dans la cuisine, le lendemain matin, tout le monde était déjà à table. Maman a levé la tête.

– Maxou, mon chéri, je suis désolée ! J'avais prévu de vous faire des crêpes mais j'ai complètement oublié de préparer la pâte.

Yes, pas de crêpes en plâtre aujourd'hui ! Je l'ai embrassée et je me suis assis avec un petit sourire faussement déçu.

– Tant pis maman, on s'en passera.

Mon frère a soulevé le rideau de cheveux emmêlés qui lui masquait le visage et il a tordu la bouche pour chuchoter :

– Fayot !

J'ai rempli mon bol de céréales, puis j'ai versé le lait sans en laisser tomber une seule goutte sur la table.

Un exploit, parce que Noé n'arrêtait pas de me donner des coups de coude, sans raison, juste pour le plaisir.

Lorsque j'ai réussi à porter la première cuillère à ma bouche, le signal d'alarme a retenti de nouveau. Comme un truc auquel j'aurais dû penser mais qui s'éloignait dès que je m'approchais, un truc capable de m'empoisonner l'existence si je ne mettais pas le doigt dessus rapidement.

Je n'ai pas pu me concentrer longtemps, mon père avait envie de bavarder. Il a replié son journal, retiré ses lunettes et m'a demandé :

– Au fait Maxou, ta petite copine, tu ne nous as pas dit comment elle s'appelait ?

Je n'ai pas eu le temps de répondre, l'âne Noé s'en est chargé à ma place en prenant une horrible voix suraiguë censée imiter la mienne.

– C'est pas ma petite copine, c'est juste une copine, quoi !

Ma mère a donné un coup de cuillère sur la table.

– Noé, fiche-lui la paix ! Alors chéri, comment elle s'appelle ton amie ?

J'ai plongé le nez au fond de mon bol en murmurant :

– Marguerite.

Plus un bruit, un silence d'apocalypse. Puis Noé a lâché le premier commentaire.

– Non, la pauvre ! Franchement, ça se fait pas de donner un nom pareil à ses gosses ! Marguerite… Là, mon vieux, ça change tout. Pour ce que je t'ai proposé hier soir, ça va pas être possible !

Je lui ai flanqué un coup de pied dans le tibia et papa a pris la suite.

– Marguerite… Oh là là, pas facile à porter ! Un vrai prénom de grand-mère !

Maman a rattrapé le coup, comme d'habitude.

– Moi je trouve ça ravissant, tellement frais, tellement simple. En plus, je suis sûre que tout le monde l'appelle Margot, hein, Maxou ?

J'ai hoché la tête. Oui, Marguerite, tout le monde l'appelait Margot. Sauf moi. Moi, je ne l'appelais pas.

LAISSE TOMBER !

Je me suis servi un deuxième bol de céréales en songeant à notre rencontre, à Marguerite et à moi. J'étais tombé sur elle le jour de la rentrée. Vraiment tombé sur elle.

Je descendais le grand escalier qui débouchait sur la cour quand j'avais aperçu une fille en bas, adossée au mur, en train de bouquiner.

Elle était de trois quarts, je ne distinguais pas son visage. Mais impossible de louper ses fringues. Des fringues incroyables, tout droit sorties de Mary Poppins. Un chemisier noué dans le dos comme un corset et une jupe longue, très longue, avec des volants qui cachaient presque une paire de bottines à lacets. Le tout couleur prune, les bottines aussi. C'était complètement démodé et super joli. Elle avait un chignon, pas juste un paquet de cheveux coincé par une pince, non, un vrai chignon, bas sur la nuque, entouré d'un gros ruban de velours noir.

Je m'étais dit qu'elle arrivait directement de la planète Bizarre et c'est là que j'avais loupé la dernière marche pour m'affaler sur les bottines prune. J'avais crié, elle avait chancelé sans perdre l'équilibre et je m'étais agenouillé maladroitement, dans l'espoir de récupérer un semblant de dignité.

– Bravo, c'est malin !

Rien d'autre. Pas un geste ni un mot pour savoir si je m'étais fait mal. Elle était restée plaquée au mur, à me regarder sans sourire pendant que je me frottais les paumes des mains pour enlever les graviers.

J'avais super mal à la cheville, mais je m'étais redressé comme si de rien n'était, le genre de mec qui en a vu d'autres.

– Désolé ! Ça va ?

Elle avait légèrement haussé le sourcil droit avant de m'offrir une phrase très courte :

– Laisse tomber.

Si j'en crois le nombre de fois où je l'ai entendue par la suite, ça devait être sa phrase préférée, une phrase fétiche, un mantra. J'étais resté devant elle quelques secondes, à passer d'un pied sur l'autre, un vrai benêt, jusqu'à ce que j'entende une voix familière s'écrier :

– Max ?

Arthur. J'avais salué la fille du bout des doigts, mais elle ne me regardait plus, elle s'était replongée dans son livre comme si je n'existais pas. J'avais traversé la cour en m'efforçant de ne pas boitiller, au cas où elle me jetterait malgré tout un coup d'œil. Arthur m'attendait en souriant, mais moi je ne le voyais pas.

Ce que j'avais devant moi, c'était le visage de cette fille. Sa peau très blanche, une pincée de taches de rousseur, ses yeux noisette ou verts, à vérifier, deux mèches bouclées qui zigzaguaient sur ses joues…

Arthur m'avait donné une grande tape dans le dos.

– Alors, total stress de rentrée ?

J'étais redescendu sur Terre et je l'avais dévisagé, heureux de constater qu'il n'avait pas changé pendant l'été. Toujours aussi costaud, toujours aussi roux, toujours aussi mal fringué, toujours aussi cool.

On ne s'était pas vus pendant les vacances. Moi j'étais resté là et lui était parti chez son père, dans les Alpes. On avait deux mois à rattraper, du coup on s'est mis à papoter comme des perruches jusqu'à ce que la cloche sonne.

À huit heures trente, on avait rejoint le gros des troupes en traînant des pieds jusqu'à la salle B2 où Claverie, notre prof principale, nous attendait. J'espérais que l'inconnue de l'escalier serait en 3e D, elle aussi.

On s'était assis au beau milieu du deuxième rang, on savait depuis longtemps que c'était là qu'on se faisait le moins remarquer. Claverie attendait patiemment que s'estompe le bruit familier des sacs qu'on balance par terre, des chaises qu'on déplace et des bavardages qui s'éternisent.

La prof avait calé ses lunettes sur le bout de son nez, nous avait regardés un à un avec un vrai sourire et, le silence revenu, s'était lancée :

– Inutile de faire les présentations, on se connaît déjà.

J'avais jeté un coup d'œil à l'ensemble de la classe. Pas de nouveaux visages, dommage.

Claverie avait commencé à nous distribuer des papiers à compléter avant de s'interrompre en penchant la tête. Dans le couloir on entendait un drôle de bruit, un sautillement suivi d'un son à la fois métallique et caoutchouteux, schboing, schboing, schboing… La mine grave, Arthur m'avait murmuré :

– Attention, voilà le Marsupilami !

Je n'avais pas eu le temps de rire, la prof ouvrait la porte.

– Marguerite, viens t'installer, je t'attendais pour vraiment démarrer.

Marguerite… La fille en robe longue, aux deux béquilles.

SCHBOING, SCHBOING, SCHBOING

Je m'étais senti tout petit. Cette fille ne tenait debout que grâce à une paire de béquilles, et moi j'avais failli la faire plonger tête la première sur le goudron de la cour. Bravo, très réussi comme entrée en matière. Schboing, schboing, schboing, elle s'était assise à côté de Fatoumata, au bout du premier rang. Ça m'arrangeait, j'aurais une vue imprenable sur son profil gauche. Front délicatement bombé, cils châtains et recourbés, frisottis sur les tempes, joues rondes mais pas trop… Les béquilles étaient par terre, immobiles, et pourtant, curieusement, j'entendais toujours schboing, schboing, schboing, quelque part du côté de mon cœur.

– Marguerite Brunet est nouvelle dans l'établissement, je vous demande de lui réserver le meilleur accueil et de tout mettre en œuvre pour favoriser son intégration. Oui, Marguerite ?

– Madame, d'habitude, tout le monde m'appelle Margot.

– Entendu, c'est noté, je préviendrai l'ensemble des professeurs. Bon, Margot vous en parlera peut-être mieux que moi, mais cette année sa mobilité sera légèrement réduite. Afin d'éviter les bousculades, elle entrera en classe quelques minutes après vous, et ce à chaque cours. D'autre part, pour faciliter ses déplacements, j'ai besoin d'un ou d'une volontaire qui se chargera de son sac aux intercours.

Il m'avait semblé que tous les doigts se levaient. Tous sauf le mien. J'étais paralysé par la timidité et par la peur d'être choisi, même si j'en mourais d'envie. J'aurais donné n'importe quoi pour porter son sac, pour renouer le ruban un peu lâche dans ses cheveux, pour lacer ses bottines, pourtant mes mains étaient restées au fond de mes poches.

– Bon, vous êtes adorables, mais vous me mettez devant un choix impossible. Je vais donc procéder autrement ! Méthode aléatoire.

Théâtrale, elle avait sorti un compas de sa trousse avant d'en tester la pointe du bout de l'index. Elle avait lissé la liste de nos noms du plat de la main, plusieurs fois...

Puis elle avait fermé les yeux et avait abattu le compas sur la table d'un coup sec. Elle n'avait ouvert les paupières que deux ou trois secondes après.

– And the winner is... Maxime Astier. Tu avais bien levé le doigt, Maxime ?

Il m'avait semblé voir une étincelle de malice clignoter dans son œil gauche. Le coup du compas, c'était pipeau et compagnie ! J'avais murmuré un « Oui » inaudible en faisant « Non » avec la tête, les oreilles brûlantes. Mon regard avait croisé celui de Marguerite, elle avait les yeux verts, finalement. Des yeux chargés de mépris envers le seul mec de la classe qui n'était pas volontaire pour porter son sac. Un malentendu à dissiper d'urgence.

La prof s'était exclamée :

– Adjugé ! Bon, je suis persuadée que vous êtes impatients d'en savoir plus sur le programme de maths de cette année, alors c'est parti.

À la fin du cours, Marguerite et moi étions restés assis. Arthur m'avait soufflé :

– Je file, je te garde ta place en anglais.

Une fois la salle vide, Marguerite s'était levée pour béquiller jusqu'à la porte. Je m'étais dépêché d'attraper son sac et de la rejoindre.

Elle m'avait regardé en esquissant une petite moue lasse.

– J'ai vu que t'avais pas levé le doigt, alors laisse tomber. Je demanderai à quelqu'un d'autre.

– Attends, au contraire, ça me fait super plaisir, j'adore porter les sacs !

Elle avait haussé les épaules en secouant la tête, sans doute était-elle en train de me cataloguer définitivement dans la catégorie des pauvres types. J'avais insisté, je voulais que ce soit clair entre nous.

– J'en avais très envie, c'est juste que…

– Laisse tomber, je te dis !

Pour être clair, c'était clair. Le ton était sec et froid. Sec comme une paire de claques, froid comme la banquise.

Si j'avais été dans mon état normal, j'aurais laissé tomber son sac et je serais parti. Mais je n'étais pas dans mon état normal. J'entendais schboing, schboing, schboing dans ma poitrine, alors je n'ai pas lâché le sac.

Depuis je m'y accrochais obstinément, jour après jour, plus fort qu'une huître à sa coquille.

SEUL AU BORD DE LA FALAISE

J'ai mis mon bol dans l'évier et ma mère s'est exclamée :

– Compte pas sur moi pour le laver !

Je m'y suis collé en réalisant que ça faisait déjà trois semaines que j'étais amoureux de cette fille en robe longue et en béquilles, qui ne m'adressait la parole que du bout de ses lèvres adorables pour m'indiquer où je devais déposer son sac.

Et je voulais l'inviter à mon anniversaire…

Autant dire que je n'étais pas simplement amoureux. Sans m'en rendre compte, j'étais passé à l'étape supérieure. J'étais fou amoureux.

Mon père a proposé de m'emmener au collège, mais je préférais marcher, j'avais besoin de réfléchir.

En grimpant la côte de la rue Jules-Michelet, je me suis senti pousser des ailes. J'aborderais le sujet avec Marguerite en arrivant, ça ne posait aucun problème, une soirée d'anniversaire super originale, ça ne se refuse pas. En même temps, rien que d'y penser, ça m'a donné un sacré mal de ventre.

En redescendant le long de l'avenue des Terrassiers, j'ai réalisé que rien ne pressait, j'avais deux semaines devant moi, il n'y avait pas le feu.

En débouchant place Frédéric-Sauvage, j'ai décidé d'en discuter d'abord avec Arthur, je ne risquais rien, il serait forcément partant.

En prenant à droite, boulevard du Cannelier, j'ai eu une idée géniale : et si Arthur lui en touchait deux mots à ma place ? Ce n'était pas de la lâcheté, non, c'était... pire que ça, une idée de dégonflé, voilà ce que c'était.

Marguerite, je n'arrivais pas à lui parler normalement. Dès que je l'approchais, ma bouche s'asséchait et je restais muet. J'aurais donné n'importe quoi pour avoir un manuel dont le premier volume se serait intitulé : *Comment adresser la parole à la fille dont vous êtes éperdument amoureux*. Je l'aurais lu, je l'aurais mis en pratique et j'aurais acheté le deuxième volume : *Comment dire à cette fille-là que vous l'aimez et que vous crevez d'envie de l'embrasser.* J'avais cherché sur Internet, mais apparemment personne n'avait encore songé à l'écrire, ce bouquin.

En arrivant aux abords du collège, j'ai été cueilli par une vision qui a anéanti toute pensée cohérente dans mon pauvre cerveau. Marguerite, en robe longue, un foulard enturbanné sur la tête, ma Marguerite que son père aidait à descendre de voiture.

J'ai eu envie de me précipiter, de tenir la portière en la saluant très bas, de balayer le trottoir et d'y répandre une brassée de pétales de rose avant qu'elle y pose ses bottines. À la place j'ai tourné la tête pour m'engouffrer sous le porche du bahut, comme si je ne l'avais pas vue.

Je m'en voulais à mort. Pourquoi est-ce qu'avec elle je faisais toujours le contraire de ce dont j'avais envie ? J'ai avancé de quelques pas en me traitant de tous les noms et je me suis arrêté net.

Il fallait que je lui parle maintenant, sinon c'était fichu, plus le temps passerait, moins j'aurais le courage d'agir.

J'ai respiré à fond, je me suis accroupi contre le mur et j'ai farfouillé dans mes affaires, histoire de me donner une contenance en attendant le schboing, schboing, schboing qui à chaque fois chavirait mon cœur.

Quand Marguerite est arrivée à ma hauteur, elle s'est fendue d'un sourire radieux, genre arc-en-ciel sur ciel de pluie, destiné à son père. Moi, elle m'a juste désigné du menton, sans un regard.

– P'pa, tu peux laisser le sac là, c'est lui qui s'en charge.

J'ai salué son père d'un petit geste maladroit, il m'a souri en déposant le sac, il a embrassé sa fille et il a filé.

Elle aussi. Sans m'attendre.

J'ai endossé mon fardeau et je me suis précipité à sa suite. Il fallait environ trois minutes pour longer le porche, suivre le chemin goudronné jusqu'au large escalier, celui de notre première rencontre, le descendre et traverser la cour. Trois minutes...

Pour me donner des forces, je me suis imaginé au bord d'une falaise. Derrière moi, un mort vivant armé d'une tronçonneuse. Il s'approchait à grandes enjambées, un rictus sardonique sur son visage cousu de cicatrices. Je n'avais pas le choix, je devais plonger.

– Marguerite, ça te dirait de...

Une bourrade dans le dos a failli me précipiter pour la deuxième fois sur ses bottines.

– Salut le sherpa ! a crié Arthur.

J'ai grogné :

– C'est quoi un sherpa ?

– Un porte-bagages humain.

Marguerite a ri, elle riait souvent aux vannes d'Arthur. Jamais aux miennes. Peut-être parce que je n'osais pas en faire devant elle, bien trop peur de ne récolter qu'une petite moue lasse.

On a descendu l'escalier ensemble, au rythme des béquilles. Je me suis senti affreusement seul. Seul au bord de la falaise.

« SI ÇA SE TROUVE… »

Pendant le cours de musique, on a passé l'heure à écouter du Bach. Enfin, surtout le prof. Les yeux clos, l'air recueilli, le menton calé dans la paume de sa main droite, il terminait sa nuit.

C'était comme ça chaque lundi matin et ça nous arrangeait bien, on avait un week-end entier à se raconter.

Arthur avait vu *[•REC]*, un film trop cool et il ne m'a épargné aucun détail, la caméra qui tremble, les zombies répugnants, le sang qui gicle, les hurlements.

J'en ai profité pour imiter le prof et me recueillir devant quelque chose que je trouvais particulièrement beau. Le profil de Marguerite.

Elle non plus n'écoutait pas la musique. Elle a discuté cinq minutes avec Fatoumata, puis son regard vert s'est perdu dans les particules de craie qui voletaient devant le tableau. J'aurais donné n'importe quoi, même mon *Anthologie du cinéma d'horreur*, pour savoir à quoi elle rêvait. Pourvu qu'elle n'ait pas déjà un copain, un type super qui accaparait ses pensées sur une sonate de Bach...

Depuis la rentrée, la plupart des filles de la classe avaient tenté de l'approcher. Elles mouraient d'envie d'en savoir plus, d'où elle venait, pourquoi les robes longues et, surtout, pourquoi les béquilles. Elles avaient été rembarrées par des « Laisse tomber, je te dis ! » en pagaille. Visiblement la foire aux fausses bonnes copines n'intéressait pas Marguerite. Elle gardait son mystère intact et les filles s'étaient lancées à fond dans leur jeu favori, le « Si ça se trouve ».

– Si ça se trouve, elle a une maladie horrible, le genre de truc où on finit en fauteuil roulant.

– Si ça se trouve, elle a la maladie du Téléthon.

– Si ça se trouve, elle est complètement difforme, un vrai monstre.

– Si ça se trouve, elle a eu un accident horrible et toute sa famille est morte.

– Si ça se trouve, elle simule !

– Si ça se trouve, c'est de la frime, elle a juste une jambe cassée.

Moi, le « Si ça se trouve », je n'avais pas envie d'y jouer. Pourtant j'étais comme les autres, les béquilles m'intriguaient.

J'avais remarqué que Marguerite s'appuyait toujours sur la jambe gauche, jamais sur la droite. Dans les couloirs, elle marquait souvent des pauses, comme si elle avait trop mal pour avancer. J'ignorais ce qui lui était arrivé, mais j'étais prêt à parier ma collec de DVD gore que ce n'était pas une simple jambe cassée, et encore moins de la frime.

Il n'y avait pas que les béquilles de Marguerite qui excitaient ma curiosité. J'avais envie de connaître les titres des bouquins qu'elle lisait pendant la pause, de savoir à quoi elle s'occupait quand elle n'était pas au collège, et ce qu'elle chuchotait parfois à l'oreille de Fatoumata, avant d'éclater de rire.

Fatou était la seule élève de la classe à avoir trouvé grâce à ses yeux.

Rien d'étonnant, elle n'était pas normale cette fille-là, c'était un ange. Toujours souriante, joyeuse, vraiment pas le genre à jouer au « Si ça se trouve ».

Au début, je pensais que tous les garçons tomberaient raides amoureux de Marguerite au premier coup d'œil, comme moi. Surtout Hakim, un vrai séducteur auquel aucune fille ne résistait. Pendant les deux ou trois premiers jours j'ai tremblé à chaque fois qu'il posait son regard sur elle, mais il n'a rien tenté. En fait, il n'a pas semblé la remarquer particulièrement. Ni lui ni aucun autre. J'avais fini par demander à Arthur :

– T'en penses quoi de Marguerite ?

– Des fringues à la ramasse. Sinon, rien de spécial, une fille, quoi.

Je n'en revenais pas. J'étais le seul à voir un trésor qui s'offrait pourtant aux yeux du monde entier. Un trésor entouré de fils barbelés, d'accord, mais un trésor quand même.

Bach s'est tu, le prof s'est réveillé, Arthur a conclu :

– J'adore les films où tout le monde se fait bouffer !

Puis, comme à la fin de chaque cours, il m'a lancé :

– Je file, je te garde ta place.

L'OMBRE DE SON SAC

Ripoche, dite Popoche, nous a distribué nos copies de SVT avec un sourire mauvais. La meilleure note, c'était huit et c'était moi. Un pur hasard, un accident, d'ailleurs c'est ce qu'elle a précisé en me tendant ma feuille. Puis elle a regardé Arthur, l'air faussement compatissante.

– Mon pauvre Arthur, vos réponses sont les mêmes que celles de Maxime, pourtant je ne vous ai mis que deux. La prochaine fois, évitez de recopier aussi ses fautes d'orthographe, c'est vraiment trop voyant.

Samuel s'est penché pour écrire trois lignes sur un cahier. C'est son job, noter les vacheries de Popoche pour le spectacle de fin d'année, celui où on présente des imitations de chaque prof. Popoche serait particulièrement bien servie ce jour-là, elle pouvait compter sur nous.

Elle a regagné son bureau en répétant à mi-voix :

– Consternants, vous êtes consternants.

Fatou s'est tournée en souriant pour parler à Marguerite, la prof a tonné :

– Fatoumata ? Quelque chose d'intéressant à dire pour une fois ? Non ? Alors on passe à la suite. Vous allez travailler en salle informatique ce matin. J'ai constitué des binômes, j'ai pensé qu'en joignant vos cerveaux deux à deux vous arriveriez à réveiller le demi-neurone qui sommeille peut-être en vous.

Elle a égrainé nos noms d'un air blasé :

– Boudrassim-Fustier, Legendre-Mahé, Gambie-N'bangué, Reverzy-Belkacem...

Je n'étais pas avec Arthur, elle l'avait collé avec Belkacem, le premier de la classe.

– Perlet-Carrègues, Léostic-Lupain, Tommer-Grassin, Astier-Brunet...

Astier-Brunet ? Ça m'a coupé le souffle, pire qu'un coup de poing dans l'estomac. J'étais avec Marguerite, j'étais avec Marguerite, j'étais avec...

Je l'ai regardée et j'ai eu le temps de voir qu'elle levait les yeux au ciel. Deuxième coup de poing dans l'estomac.

Arthur m'a glissé :

– J'espère que t'as pris ta boîte à rires, parce que Margot, c'est pas la plus rigolote.

– Arthur, un commentaire ?

Il a répondu sans se démonter :

– Oui, m'dame. Je disais à Max que c'était chouette qu'on soit séparés, on ferait du meilleur travail comme ça.

Ce genre de réflexion, prononcée sur un ton irréprochable, c'est la spécialité d'Arthur. Pour l'instant, aucun prof n'a trouvé la parade, même pas Popoche.

Tout le monde s'est levé, sauf Marguerite qui a attendu que le calme soit revenu. Je l'ai suivie, mon sac sur le dos, son sac dans mes bras, en pensant à la chanson préférée de ma grand-mère. L'histoire d'un type qui ne veut pas que sa femme le quitte et qui est d'accord pour devenir l'ombre de son ombre, l'ombre de son chien.

Marguerite devant, moi derrière, je n'étais pas l'ombre de son ombre. J'étais juste l'ombre de son sac.

LE MODE DE FÉCONDATION CHEZ LA PLANTE À FLEURS

Arthur m'avait réservé l'ordi au fond de la classe. À notre arrivée, il s'est retourné pour me faire un clin d'œil et Popoche ne l'a pas loupé :

– Arthur ! Ça va vous paraître étonnant, mais l'écran se trouve devant vous, pas derrière.

Ce qu'elle peut être moche, Popoche ! Une vraie tronche de quiche, une tronche à jouer dans *Le Bal des cannibales,* un film où les profs enferment les élèves le soir de la fête de l'école avant de les pourchasser dans les couloirs pour les bouffer tout crus. Géant.

J'ai laissé Marguerite s'installer puis, pour la première fois depuis trois semaines, je me suis assis à côté d'elle.

Pendant qu'elle allumait l'ordi, j'ai inspiré doucement pour essayer de capter son parfum. Ça sentait hyper bon. Pas un parfum de fille, non, une odeur plus naturelle, une odeur de savon peut-être, une odeur familière en tout cas.

J'ai reniflé plus fort, histoire d'en avoir le cœur net, et j'ai trouvé. C'était l'odeur de la lessive qu'utilisait ma mère. Je me suis tortillé sur ma chaise, ravi d'avoir découvert notre premier point commun : nos mères lavaient le linge avec la même lessive.

La prof a jeté :

– Astier-Brunet, vous êtes prêts ? On peut enfin démarrer ? Bon, cliquez sur l'icône *La reproduction/Règne animal/Règne végétal*, un questionnaire va s'afficher. Vous le complétez, vous l'imprimez, ce sera noté. Vous avez vingt minutes.

Marguerite a cliqué, le document est apparu à l'écran. Huit questions. J'ai chuchoté :

– Comment on procède ?

Elle n'a pas tourné la tête vers moi, elle m'a juste répondu du bout des lèvres :

– Laisse tomber, on procède pas. Quatre questions chacun et basta.

J'ai réprimé un soupir et ses doigts ont voleté sur le clavier. Des doigts fins, sans bagues, aux ongles ras. Sur la première phalange, elle avait des taches de rousseur. Adorable.

– À toi.

J'ai lu ma question : « *Donnez la définition des mots suivants : ovipare, vivipare.* » Aïe, je n'avais pas relu le cours. Ovipare, ça avait à voir avec les œufs… Un peu court comme réponse. Vivipare, alors là, je ne savais pas du tout. J'ai regardé Arthur, il avait les yeux rivés à son portable, caché sous la table. Fatou aussi. Bien joué, ils s'étaient préparé des antisèches. J'ai essayé de me concentrer, mais rien n'est venu alors j'ai commencé à taper au pif.

Ovipare : quand la femelle pont des œufs.

Vivipare : quand elle en pont pas.

Marguerite a rapproché son visage de l'écran, sourcils froncés.

– N'importe quoi ! En plus, t'as fait des fautes. Je corrige, tu prépares la réponse suivante.

Pendant qu'elle tapait au moins trois lignes pour ovipare et quatre pour vivipare, j'ai lu la question suivante : « *Précisez le mode de fécondation chez la plante à fleurs. Justifiez votre réponse.* » La fécondation chez la plante à fleurs ? Mais je n'en avais pas la moindre idée, moi !

Marguerite a poussé le clavier vers moi, j'ai toussé, j'étais affreusement mal à l'aise. Je n'avais vraiment rien à écrire. À moins que…

Perdu pour perdu, le cœur à la renverse, je me suis lancé en tentant d'éviter les fautes, visiblement elle n'aimait pas ça.

« Est-ce que ça te plairait de venir à mon anniversaire dans quinze jours ? Ça se passera le samedi soir, il y aura Arthur et mes cousins et les potes de mon frère. Faudra dormir chez moi parce qu'on va faire un jeu de rôle dans le parc, ça dure super longtemps, ça s'appelle une murder party. C'est mon frère qui organise tout, il y aura un pique-nique, ça te dit ? »

MON CŒUR COMME UNE MONTGOLFIÈRE

Je l'ai regardée lire. Pour la première fois je pouvais contempler son profil droit, aussi joli que le gauche. À cet instant, le signal d'alarme qui m'avait taquiné au petit-déjeuner s'est à nouveau déclenché. Sauf que là, c'était la sirène assourdissante d'un camion de pompiers rempli de types qui me hurlaient dessus avec un porte-voix :

« Ça va pas non ? Elle sait à peine que tu existes, alors ton anniversaire, elle s'en fiche pas mal ! Et, pauvre idiot, au cas où tu ne l'aurais pas remarqué, elle a des béquilles. Elle peut à peine se déplacer et tu lui proposes de crapahuter dans un parc ? Courir dans la boue, glisser sur les feuilles mortes, grimper aux arbres… Bravo, bien joué ! »

Elle avait fini de lire. Elle m'a dévisagé, l'air interdite, prête à lâcher « Laisse tomber », forcément. Avant qu'elle ouvre la bouche, j'ai tenté de rectifier le tir :

– J'avais aussi pensé à une soirée DVD, un ou deux films d'horreur avec des fraises Tagada, enfin je sais pas...

Là, contre toute attente, elle a chuchoté :

– Non, le jeu de rôle, ça me plaît bien. Mais...

Elle s'est interrompue quelques secondes avant de reprendre sans me regarder :

– ... pourquoi tu m'invites ?

– Parce que je t'aime à la folie, Marguerite !

Non, évidemment, je n'ai pas répondu ça. J'ai balbutié le premier truc qui me passait par la tête.

– C'est mon frère, il pense que... que ce serait mieux avec une fille. Voilà.

Elle a juste lâché :

– Oh.

Un tout petit « Oh » et rien d'autre. Je venais de formuler la pire des réponses, celle qui m'impliquait le moins possible, et elle me répondait « Oh ». Qu'est-ce que ça signifiait, « Oh » ?

Je n'ai pas pu me le demander plus longtemps, Popoche tapait du plat de la main sur la table.

– Astier-Brunet, ça suffit ! Vous m'imprimez votre copie et vous me l'apportez immédiatement.

Non, pitié ! Marguerite a avancé sa main sur le clavier, l'air de rien, et avec l'index elle a appuyé sur « Échap » en s'exclamant :

– M'dame, je comprends pas, tout s'est effacé !

Ripoche nous a fixés en silence, avec la mine de celle à qui on ne la fait pas, puis a susurré :

– Quel dommage, un double zéro pour Astier-Brunet.

La cloche a sonné et je n'ai pas osé demander à Marguerite si elle viendrait. Je l'ai suivie en silence jusqu'au préau, devant le banc où Fatou l'attendait. Quand j'ai déposé son sac par terre, elle s'est à demi tournée vers moi et, sans me regarder, elle a chuchoté :

– OK, je viendrai.

OK, je viendrai. OK, je viendrai. OK, je viendrai. La plus belle phrase du monde. Une phrase qui m'a donné envie de traverser la cour en dansant, envie de rire et de chanter une chanson d'amour avec des love partout. J'avais l'impression que mon cœur gonflait, que ma cage thoracique devenait trop étroite pour lui. J'ai respiré fort, l'air me manquait, et j'ai rejoint Arthur à grandes enjambées.

PAS DE PITIÉ

Arthur et moi, nous nous sommes assis par terre, au fond de la cour, nos sacs entre les pieds.

– Dans quinze jours, c'est mon anniversaire, je t'invite. Il y aura aussi mes cousins, tu sais, Basile et Bastien.

– Cool !

Je lui ai parlé du jeu de rôle dans le parc et du pique-nique. Il a adoré, à un détail près.

– Le jeu de rôle, c'est quand même pas ton frère qui l'organise ?

Je suis resté évasif, genre :

– Non, pas vraiment, c'est plutôt des potes à lui. Ils ont l'habitude, ça va être top !

Là, je m'avançais peut-être un peu, mais il a hoché la tête, soulagé. Il connaissait Noé, ses blagues douteuses et ses plans foireux.

La confiance qu'il lui accordait frisait le néant, voire pire. D'ailleurs Arthur avait adhéré sans se forcer au Club de Ceux qui Pensent que Noé est un Âne. Un club dont j'étais le président.

La cloche a sonné, Claverie et ses équations nous attendaient. J'en ai profité pour lancer, l'air de rien :

– Ah oui, j'ai aussi invité Marguerite.

– Hein ?

– Ouais, avec une fille, j'ai pensé que ce serait plus sympa, plus réaliste. Tu sais, elle doit pas rigoler tous les jours, ce sera l'occasion.

Il n'a rien dit pendant au moins dix secondes, puis :

– Ouais, je comprends, t'as pitié d'elle. Pas super pratique, les béquilles dans le parc… Enfin bon, elle pourra toujours interpréter la morte. Mais quitte à inviter une fille, t'aurais pu en choisir une plus marrante, j'sais pas, Fatoumata par exemple…

J'ai haussé les épaules et je me suis levé pour aller chercher le sac de Marguerite. Arthur, les filles, ça ne l'intéressait pas. Si je lui avais avoué que j'étais amoureux, il se serait moqué de moi. Mais de là à croire que j'invitais Marguerite par pitié…

La pitié, je ne sais pas ce que c'est. Ou plutôt si, c'est ce que je ressens pour mon frère quand il raconte à mon père que toute sa classe s'est payé un au contrôle de physique, comme lui.

Marguerite ne m'inspirait aucune pitié, oh non.

Je l'invitais parce que je voulais me faire pardonner d'être tombé sur elle le jour de la rentrée, et parce que je voulais qu'elle oublie que je n'avais pas été volontaire pour porter son sac.

Surtout, je l'invitais parce que je l'aimais, elle, ses robes longues, ses béquilles et sa petite moue lasse.

DU SANG !

En rentrant à la maison, je me suis précipité sur le téléphone pour appeler mes cousins. Super contents, Basile et Bastien, ça tombait pile le jour où leur père invitait son patron à dîner. Pas exactement le genre de soirée dont ils raffolaient. Bref, je pouvais compter sur eux, ils viendraient, c'était sûr.

Je suis monté au premier. En passant devant la chambre de Noé, j'ai dû me frotter les yeux pour me persuader que je ne rêvais pas. Il travaillait ! Des bouquins étalés partout sur son bureau, pas de musique, la tête entre les mains...

J'ai demandé :

– Ça va ?

– Ta murder party, je crois que ça ne va pas être possible. Je suis gavé de boulot pour les quinze prochains jours, je m'en sortirai jamais.

Non, il ne pouvait pas me faire un coup pareil. Marguerite avait dit « OK », il ne se rendait pas compte !

– Attends Noé…

– Hi-han, hi-han, j'rigole ! Ta murder party, je suis en train de bosser dessus. Ce bouquin, là, c'est une vraie bible. Je viens de trouver la recette pour fabriquer du sang plus vrai que nature : grenadine pour la couleur, café soluble pour les caillots, miel pour le petit effet coagulant. Pas mal, non ?

Wahou, il y aurait du sang !

Il allait se replonger dans son livre, alors j'ai glissé rapidement, comme si ce n'était qu'un détail sans importance :

– Je t'ai pas précisé, mais la fille, enfin Marguerite, elle a du mal à se déplacer, elle marche avec des béquilles.

Il m'a fixé en plissant les yeux, il a balayé sa grosse mèche d'un revers de main puis il a secoué la tête.

– Je me demande pourquoi quand t'essaies d'être drôle, ça ne fonctionne jamais.

– Heu, là c'est normal, c'est pas de l'humour, c'est vrai, elle a des béquilles.

– J'y crois pas ! Tu te fous de moi ou quoi ? Un jeu de rôle avec miss Béquilles… La tronche de Manu et Brahim quand je vais leur raconter ça ! Tant pis, elle fera la morte et puis basta !

Faire la morte… Finalement, Arthur et Noé étaient peut-être nés pour s'entendre. Marguerite, faire la morte, n'importe quoi ! J'ai tenté de prendre Noé par les sentiments.

– Je discute pas, c'est toi le cerveau. En même temps, tout le monde sera surpris que t'aies pas une idée plus originale, parce que d'habitude… Mais bon, c'est toi qui vois.

Là-dessus, j'ai filé dans ma chambre.

Assis devant mon bureau, j'ai ouvert le carnet que je cachais derrière mes dictionnaires. Depuis le jour de la rentrée, j'y notais les phrases que Marguerite m'adressait, au mot près. Rien que pour aujourd'hui, j'en totalisais sept, un record. J'ai refermé le carnet et j'ai commencé à gribouiller sur une feuille de mon classeur de SVT en me répétant inlassablement la plus belle, « OK, je viendrai ! », jusqu'à ce que mon père crie :

– Les garçons, à table !

Je suis descendu, un sourire béat collé aux lèvres. Il a disparu brutalement quand ma mère a soulevé le couvercle du plat posé sur la table.

UN LÉGER SOUCI

Ma mère a annoncé fièrement :

– Pâtes chinoises aux algues !

Puis elle a ajouté, perplexe :

– C'est bizarre... Je me demande si je n'ai pas inversé les proportions.

Devant nos yeux écarquillés s'étalait un magma immonde, une bouillie verte dans laquelle surnageaient des filaments blanchâtres aussi appétissants que des asticots anorexiques.

Mon père s'est armé de courage, il a tendu son assiette d'un air décidé et ma mère lui a octroyé deux bonnes louches de la chose. Elle lui a souri en précisant :

– Ça manque peut-être de sel.

Je me suis laissé servir sans quitter mon père des yeux. Il a commencé à manger en fermant les paupières à chaque fois qu'il avalait, avant de m'offrir un sourire du style : « Mais si, tu vas y arriver ! »

Noé a goûté, puis il y est allé de son commentaire gastronomique.

– Je suis en train de lire un bouquin sur les effets spéciaux… Je me demande si tu ne pourrais pas leur proposer ta recette pour fabriquer du vomi de zombie.

Papa a toussoté et maman a ri.

– Mange au lieu de me taquiner. Allez, bon appétit !

Ce n'était pas si mauvais que ça. À vrai dire ça n'avait aucun goût. Le plus gênant, c'était la consistance, à la fois gluante et trop ferme. Mon père s'est dépêché de terminer, puis il a posé ses couverts avec un sourire satisfait qui signifiait : « Voilà, ça, c'est fait. » et il s'est tourné vers moi.

– Maxou, au sujet de ta soirée d'anniversaire, il y a un léger souci.

Un léger souci, oh non, pitié. Du coup, j'ai avalé de travers et un asticot est resté coincé au fond de mon gosier. Noé m'a donné une grande claque dans le dos, l'asticot a poursuivi sa route en zigzaguant jusqu'à mon estomac et j'ai écouté la suite.

– On est invités chez les Poché. Ils habitent à quarante kilomètres, alors on sera obligés de partir tôt et on risque de rentrer très tard, pas avant deux heures du matin. Avec ta mère on a pensé que...

Là, mes parents ont échangé un regard hésitant, puis mon père a continué :

– ... que tu préférerais reporter ton anniversaire, parce que sinon tes amis et toi resteriez seuls avec Noé, et...

Ils n'adhèrent pas au Club de Ceux qui Pensent que Noé est un Âne, mais je les soupçonne parfois d'en être de farouches sympathisants. D'habitude, ça me plaisait bien, mais là j'ai senti que ça risquait de faire capoter la murder party. Heureusement, sur ce coup-là, Noé a assuré, il a sorti sa pièce maîtresse.

– J'ai invité Manu et Brahim, on a prévu une soirée DVD, aucun problème, hein Maxou ?

J'ai hoché la tête comme si j'étais un âne moi aussi, et j'ai vu le visage de mes parents se détendre. Ils adorent Manu et Brahim. Ils les trouvent sérieux et bien élevés, mûrs et responsables, et les citent sans arrêt en exemple dans l'espoir insensé que Noé se mette subitement à leur ressembler.

On s'est rattrapés sur le fromage et, l'espace d'un instant, j'ai eu une drôle d'impression.

Comme dans ces films où l'on voit des familles super heureuses en train de pique-niquer à la campagne, alors que juste derrière elles se cache une armée de morts vivants sanguinolents prêts à les dévorer. J'ai chassé cette vilaine image en fronçant les sourcils et je me suis concentré sur Marguerite. Elle m'avait dit « OK, je viendrai ! », ce n'était sûrement qu'un début. Peut-être même que, dès demain, j'aurais droit au sourire arc-en-ciel sur ciel de pluie.

OK, OK, OK

J'ai eu la sensation de passer les quinze jours suivants ligoté au chariot d'un grand huit en folie, comme Ronald Taylor dans *Fête meurtrière*. Plus la date de mon anniversaire approchait, plus j'alternais les phases d'angoisse et d'excitation, avec à chaque fois des pics d'intensité jamais atteints.

Dans les bons moments, j'étais certain que la soirée se passerait bien. Marguerite en profiterait pour m'avouer son amour pour moi ; Noé me confierait un rôle valorisant, genre le flic qui résout l'énigme ; mes cousins m'offriraient un cadeau super, pas un truc choisi par leur mère ; maman nous aurait préparé de délicieux petits gâteaux… Bref, ce serait le début d'une nouvelle ère.

Une ère où j'aurais le droit de poser ma main sur l'épaule de Marguerite, parce qu'avec les béquilles, impossible de se donner la main.

Le reste du temps, je cédais à l'abattement le plus total. Marguerite allait se décommander au dernier moment ou pire, elle ne m'adresserait pas la parole de la soirée, sauf pour me dire « Laisse tomber ! », Noé et ses potes m'obligeraient à jouer un rôle secondaire, un vague témoin du meurtre. Les cousins m'offriraient la même eau de toilette que l'année d'avant, un truc qui puait tellement que mon père l'avait jeté à la poubelle en mimant l'asphyxie. Ma mère nous aurait concocté ce qu'elle seule osait appeler des cookies.

En quinze jours, je n'ai pas eu droit à un seul sourire arc-en-ciel sur ciel de pluie. Marguerite se comportait comme si rien n'avait changé entre nous, ce qui, à bien y réfléchir, devait être le cas. J'avais tenté un rapprochement en lui proposant de préparer avec elle l'exposé sur Shakespeare, mais elle avait répondu :

– Laisse tomber. Je préfère bosser seule.

J'avais eu beau triturer la phrase au moins cent fois dans mon cerveau amoureux, j'avais été incapable d'y déceler une seule raison d'espérer.

Trois jours avant la date fatidique, je me suis réveillé en pleine nuit, couvert de sueur, le cœur en vrac. Marguerite n'avait pas mon adresse ! Pire encore, elle ne me l'avait pas demandée, comme si elle n'avait pas l'intention de venir.

Je me suis levé et je l'ai notée sur une petite carte, avec mon numéro de téléphone. J'ai eu envie de dessiner des cœurs partout mais je me suis retenu. En arrivant au bahut, je la lui ai tendue en ayant l'impression de présenter mon cou au bourreau. C'était maintenant qu'elle allait m'annoncer :

« Au fait, samedi je ne peux pas venir, je passe la soirée avec mon copain. »

Ou alors :

« C'était une blague, t'as quand même pas cru que j'allais venir à ton truc de ouf ? »

Au lieu de ça, elle a pris la carte du bout des doigts. Elle l'a lue en haussant son sourcil droit pendant que mes mains tremblaient au fond de mes poches. Dans un soupir, elle a murmuré :

– OK. À quelle heure ?

Une phrase tellement belle que je la recopierais au moins vingt fois de suite dans mon carnet « spécial Marguerite ». L'heure, je n'y avais pas pensé, trop occupé à m'inquiéter ou à rêver ma vie en rose bonbon. Au pif, j'ai répondu :

– Je sais pas, vers sept heures ?

Elle a hoché la tête.

– OK.

Ah, ce que j'aimais quand elle disait des trucs forts comme ça. OK, OK, OK.

Le vendredi soir, la veille du grand jour, j'ai réalisé avec effroi que Marguerite allait dormir dans ma chambre. La déco n'était pas du tout adaptée, j'allais passer pour un bouffon. Au mur, j'avais les mêmes posters depuis une éternité. Harry Potter sur son balai, Harry Potter et Hermione, Harry Potter et Ron, la photo d'une ourse polaire, et enfin un chanteur de rap dont j'avais oublié le nom, et je ne devais pas être le seul.

J'ai tout jeté. J'ai plongé sous mon lit, j'ai ramené quatre chaussettes orphelines que ma mère croyait mortes et enterrées, elle allait être contente. Et aussi une grosse part de cake rassis, un cake maternel au chou, planqué dans un vieux numéro de *Picsou*.

J'ai rangé mon bureau, vérifié que mon carnet Marguerite était introuvable et j'ai réfléchi à ce que j'allais mettre sur les murs. Je n'ai pas eu besoin de me creuser la tête longtemps.

L'oncle d'Arthur bosse dans un cinéma, à Paris. Il lui envoie sans arrêt des affiches mais Arthur n'arrive plus à suivre et il m'en file plein. Super, des affiches de cinéma, ça en jetait. J'ai pas mal hésité, puis j'ai fini par me décider.

Sur le mur de droite, j'ai punaisé *Meurtres à la scie sauteuse*. Pour le mur du fond, celui qu'on voyait le mieux quand on était couché, j'ai choisi *Du sang entre les dents* et juste en face, *Docteur Cannibale*. Au-dessus du lit, *La colline a des yeux*.

Je n'aurais plus qu'à changer drap et housse de couette en me levant. J'ai reculé de trois pas, histoire d'évaluer l'effet global.

Trop classe. Elle allait adorer.

UNE TRANCHE DE PAIN DE MIE...

Le samedi matin, pour la première fois de ma vie, je me suis réveillé à six heures. Les yeux grand ouverts dans le noir, j'ai posé la main sur mon cœur. Schboing, schboing, schboing, à un rythme d'enfer.

Je me suis forcé à respirer lentement. Du calme, tout se passerait bien. Noé et ses copains s'étaient enfermés trois soirs de suite dans sa chambre, soi-disant pour bosser. En réalité, ils peaufinaient ma murder party. J'avais essayé d'en savoir plus mais à chaque fois je m'étais fait jeter. J'avais collé mon oreille à la porte et, entre deux hi-han de Noé, j'avais entendu des bribes de phrases hyper rassurantes.

– Trois litres de sang, t'es sûr que c'est suffisant ?
– On pourrait appeler ça *Panique sanglante au Pertuis*, non ?
– Regarde, elles sont super ces lampes de poche, elles n'éclairent presque rien. Je te raconte pas l'ambiance !
Ils avaient l'air de maîtriser. Enfin, surtout Brahim et Manu.

Je me suis levé et, sans bruit, je suis descendu à la cuisine. Je pouvais peut-être préparer les sandwichs, ça me changerait les idées. Ma mère s'était chargée des courses la veille.
– Comme ça mon chéri, tu auras tout ce qu'il te faut.
Je n'avais rien répondu, parce qu'elle avait surtout acheté des avocats trop mûrs (« Délicieux entre deux tranches de pain de mie complet. »), des filets de poisson (« Tu sais, pour faire des sushis comme les Japonais. Si tu veux, je te montrerai, ce n'est pas compliqué. »), des bananes séchées (« À votre âge, il ne faut pas lésiner sur les calories. ») et du jus de pruneau bio (« Ça change, hein ? »). Heureusement dans le dernier sac, j'avais trouvé de la charcuterie, du fromage, des chips et des bonbons, des trucs normaux, quoi (« Au cas où vous auriez encore une petite faim. »).

Je me suis préparé un chocolat, mais impossible de l'avaler, trop de stress, alors j'ai sorti le pain de mie, le beurre et le fromage.

Une tranche de pain de mie, une couche épaisse de beurre, une tranche de gruyère, une tranche de fromage de chèvre, une autre couche de beurre et, pour finir, une tranche de pain de mie. Et d'un.

Une tranche de pain de mie, une couche épaisse de beurre, une tranche de gruyère... J'ai regardé l'horloge. Encore douze heures à attendre et elle serait là, devant moi. Et avec elle le stress, la panique, la possibilité de me prendre un râteau, peut-être deux. Ne pas y penser, s'occuper. Une tranche de pain de mie, une couche épaisse de beurre...

BIENTÔT L'HEURE DU CRIME

La sonnette n'a pas retenti à sept heures, mais à sept heures moins le quart. Marguerite était en avance et moi j'étais en train de me laver les dents.

J'ai recraché le dentifrice en vitesse, sans épargner les bords du lavabo et la glace devant moi. Je me suis essuyé la bouche, un dernier regard dans le miroir, et je suis descendu en m'efforçant de maîtriser les tremblements nerveux de ma cuisse gauche.

Ma mère avait ouvert la porte.

Marguerite se tenait devant elle, appuyée à ses béquilles, vêtue d'une robe bleu nuit, à demi tournée vers son père qui fouillait dans le coffre de sa voiture.

Sur le ton de la plaisanterie qui tombe à plat, ma mère a déclaré :

– Bon ben, je ne fais pas les présentations, vous vous connaissez déjà ?

J'ai hoché la tête en marmonnant :

– Salut, ça va ?

– Oui.

Je cherchais désespérément un truc à ajouter quand mon frère a descendu l'escalier quatre à quatre avec ses potes. Il s'est écrié :

– Toi, je suis sûr que t'es Marguerite ! Moi, c'est Noé, le très grand frère de Maxou.

Maxou ! La honte ! Marguerite a souri en évitant mon regard pendant que son père s'approchait avec un truc en ferraille dans les mains. Il nous a salués en précisant à ma mère :

– Voilà, c'est le fauteuil roulant de Margot. Un fauteuil pliant, très pratique, ça ne prend pas de place. Elle l'utilise très peu, seulement si elle est fatiguée, hein ma chérie ?

Marguerite a regardé son père en levant les yeux au ciel comme s'il était le dernier des boulets.

– Papa, laisse tomber, je n'en aurai pas besoin.

C'est là que mon frangin a failli tout gâcher.

– Tu rigoles ? Ça sera super pratique pour nous suivre dans le p...

Manu l'a interrompu en lui marchant sur le pied.

– … dans le petit salon, ouais, il n'y a peut-être pas assez de fauteuils, faut voir.

Ma mère avait l'air complètement éberluée, j'ai ricané bêtement et le père de Marguerite nous a observés, presque inquiet. Il s'est frotté les mains et il a embrassé sa fille sur le front. Comme pour se rassurer, il a dit :

– Bon, je te laisse en bonne compagnie. Madame Astier, en cas de besoin, vous avez mes coordonnées. Allez, j'y vais. Passez une bonne soirée… Heu, à demain ma chérie.

Arthur est arrivé quelques minutes plus tard, suivi de peu par mes cousins. Mes parents nous ont prodigué mille recommandations en s'adressant surtout à Brahim et Manu, les gars sérieux, mûrs et responsables et, enfin, ils sont partis.

On s'est retrouvés dans le salon, un peu embarrassés. Marguerite assise sur le canapé, les garçons et moi debout, en train de prendre racine. Noé a frappé fort dans ses mains.

– Bon, et si tu commençais par ouvrir tes cadeaux, Maxime ? T'arrête pas de m'en parler depuis ce matin, t'en pouvais plus d'attendre…

J'ai eu envie de lui envoyer un grand coup de pied dans le genou, j'ai juste coassé :

– Arrête, c'est pas vrai !

– Hi-han, hi-han, évidemment que c'est pas vrai ! Allez, ouvre.

Je me suis agenouillé face à la table basse. Trois paquets. Celui d'Arthur, rien qu'au format, j'ai deviné que c'était des DVD. J'ai ouvert en laissant échapper un sifflement d'admiration : *Freddy, Les Griffes de la nuit* et *La Revanche de Freddy*, en édition collector. J'ai murmuré :

– Trop cool, mon vieux !

Il restait deux cadeaux. Le premier, un rectangle plat, ce devait être des BD de la part des cousins. Et l'autre forcément, c'était celui de Marguerite. Un paquet d'une forme indéfinissable, avec un papier cadeau maison. J'ai choisi celui-là, le cœur chamboulé. Je l'ai déballé en essayant de ne pas trembler et j'ai découvert deux personnages en terre, fixés à un socle. Un homme aux traits asiatiques chargé d'un encombrant fardeau et une grosse bête à cornes. C'était super joli, mais je ne savais pas trop quoi en penser. Je me suis tourné vers elle et elle a murmuré :

– C'est un sherpa tibétain, avec son yack. C'est… C'est moi qui les ai sculptés.

Arthur a pouffé :

– Trop fort ! Un sherpa, v'la la bonne idée !

Un sherpa… qu'elle avait fabriqué rien que pour moi, peut-être en pensant à moi. Ou alors en se moquant de moi, pour que je comprenne bien qu'en ce qui la concernait je n'étais bon qu'à porter les sacs. Du coup, j'ai juste marmonné :

– Super, très chouette !

Et je me suis rué sur les BD. Là, pour me donner une contenance, j'en ai fait des caisses.

– Génial ! *Trolls de Troyes*, 5 et 6, pile ceux qui me manquaient. Hyper sympa, vraiment !

Basile a précisé :

– Tu l'as échappé belle, maman voulait t'offrir un gel douche et un shampoing, mais on n'a pas lâché le morceau, hein Bastien ?

– Ouais ! On lui a expliqué qu'il y aurait une fille et qu'elle t'offrirait sûrement un truc dans le genre, du parfum quoi, hein Basile ?

– Ouais ! Et papa a dit…

Avec eux, ça pouvait durer longtemps, ils se renvoyaient sans arrêt la balle. Noé a coupé net.

– Bon, Maxou est content, il a déballé ses cadeaux, on va passer aux choses sérieuses.

Il a tiré les rideaux pour regarder au-dehors, avant de lancer d'un ton sinistre :

– La nuit tombe, l'heure du crime approche…

SAISIS TA CHANCE

Manu nous a distribué à chacun un mini sac à dos, des sacs publicitaires récupérés au boulot de son père. Tellement petits que Marguerite n'aurait pas besoin de moi pour porter le sien.

– Kit de survie !

À l'intérieur : une lampe de poche, un sifflet, un carnet et un crayon. Noé s'est frappé le front :

– Pendant que j'y pense, Margot, on peut emmener ton fauteuil ?

– Je n'en aurai pas besoin.

– C'est pas pour toi. C'est pour trimballer le pique-nique et trois ou quatre bricoles.

Elle a esquissé une petite moue que je ne connaissais pas. La moue : « Franchement, c'est délicat ! »

– OK, prends-le.

– Maintenant, on passe aux choses sérieuses, est intervenu Brahim. Le jeu de rôle s'appelle *Panique sanglante au Pertuis*.

Il a laissé planer un silence pour qu'on s'imprègne de l'ambiance, puis il a repris :

– Vous comprendrez très vite pourquoi... Bon, je donne une carte à chacun, à ne montrer aux autres à aucun prix. On a inscrit dessus le rôle que vous jouerez ce soir.

On a regardé nos cartes, les cousins l'ont cachée du plat de la main, comme des gamins. Sur la mienne, j'ai lu : « Le détective ». Waouh, royal, je serais chargé de diriger l'enquête.

On a glissé le carton dans notre poche et on s'est dévisagés en souriant. Visiblement la distribution des rôles convenait à tout le monde.

Manu a repris la parole.

– Noé, Brahim et moi sommes les meneurs de jeu, mais sachez que nous jouons un rôle, nous aussi. Votre première mission : découvrir le cadavre, puisqu'un meurtre va être commis dans quelques instants au Pertuis, un meurtre horrible qui ne peut rester impuni...

Brahim a complété :

– Pour cette première phase de jeu, on a constitué deux équipes, composées de la manière suivante. D'un côté, Arthur, Bastien et Basile. De l'autre, Marguerite et Max. Dès qu'une équipe trouve le cadavre, coup de sifflet et réunion des joueurs sur les lieux du crime.

À partir de là, nous vous donnerons des indications sur votre personnage, le jeu commencera vraiment et ce sera chacun pour soi.

– C'est l'un de vous qui jouera le mort ? s'est inquiété Basile.

Noé a pris une voix lugubre pour répondre :

– À moins que ce ne soit toi, cher cousin...

J'ai ri trop fort, pour évacuer l'émotion. Je faisais équipe avec Marguerite, c'était du pur bonheur et je ne touchais déjà plus terre.

Je me suis glissé dans la cuisine pour récupérer les madeleines de ma mère, si on les laissait là, ça la vexerait. Quand Noé m'a rejoint pour prendre le pique-nique que j'avais préparé, je lui ai demandé :

– Qui a décidé des équipes ?

– Moi, m'sieur, c'est mon cadeau ! Alors, bon anniversaire, p'tit frère, et saisis ta chance !

SOUS LA LUEUR D'UNE LUNE TROP PÂLE

Notre cortège s'est mis en route. Noé en tête, qui poussait le fauteuil roulant comme on pousse un caddie, Bastien à côté de lui. On suivait en bavardant. Sauf Marguerite et moi. Nous, on suivait, schboing, schboing, schboing, mais sans un mot.

Pour la première fois, je me trouvais seul avec elle, sans sac à porter ou sans avoir à remplir un questionnaire sur les ovipares. J'aurais dû avoir mille questions à lui poser, mille remarques à faire pour détendre l'atmosphère, après tout c'est moi qui l'avais invitée. Au lieu de ça, je restais muet et j'avançais en regardant mes chaussures. Elle a rompu le silence :

– Pas de bol !

– Quoi ?

– Depuis la rentrée, c'est la troisième fois que t'es obligé d'être en binôme avec moi. Le sac, Popoche, ce soir...

Là, je ne sais pas ce qui m'a pris, je me suis lancé dans un cours de maths :

– Deux équipes, cinquante pour cent de risques qu'on tombe ensemble...

Ça l'a laissée sans voix. Pas longtemps. Elle a rétorqué sèchement :

– Désolée ! En plus, avec mes béquilles, je ne pourrai pas aller partout, je risque de te freiner.

Fallait que je redresse la barre, vite. J'ai joué le mec qui s'y connaît en jeux de rôle :

– T'inquiète, c'est plutôt un jeu de déduction.

Et pour la première fois depuis que je m'étais agenouillé devant elle, cinq semaines plus tôt, j'ai essayé d'être drôle.

– Alors avec ta tête et mes jambes, on devrait s'en sortir, non ?

Et là, elle a ri. Vraiment ri. Puis elle a répliqué :

– Heureusement que c'est pas le contraire, hein ?

Je l'ai regardée. Non seulement elle était belle et mystérieuse, mais en plus elle avait de l'humour. Quand elle plaisantait, deux fossettes se creusaient au milieu de sa joue gauche. Et soudain, j'ai réalisé qu'on marchait côte à côte en se parlant normalement depuis plus d'une minute.

Je n'en revenais pas. Parler à la fille qu'on aime, ce n'était pas plus compliqué que ça. Pas besoin de guide... J'ai fermé les yeux et je me suis juré de ne jamais oublier ce moment. Jamais.

On a croisé un groupe d'adultes, leurs regards se sont attardés sur Marguerite, eux aussi la trouvaient belle. Ils pensaient peut-être qu'on était ensemble. Je leur ai souri, j'étais fier.

Quand on est arrivés au Pertuis, Brahim a proposé :

– Si ça vous va, on pique-niquera quand vous aurez découvert la victime.

Noé a ajouté :

– Enfin, sauf si ça vous coupe l'appétit ! Hi-han, hi-han, hi-han...

Sourire poli, et Brahim a poursuivi :

– Face à nous, deux allées. On va tirer à pile ou face pour savoir quelle direction chaque équipe doit prendre.

Marguerite et moi, on a écopé de l'allée qui partait vers la gauche, la zone la plus sombre du bois. Ça m'était bien égal, avec elle, je serais parti n'importe où, même en enfer.

Manu a donné le signal du départ, les équipes se sont séparées. Marguerite et moi nous sommes avancés en silence jusqu'aux premiers arbres.

Je me suis arrêté et j'ai proposé :

– Je peux partir devant et t'appeler si je trouve le mort...

– Non, je préfère te suivre, mais marche à ton rythme, je te rejoindrai.

– OK, je vais tout droit. Si je change de direction, je t'attends.

– D'accord.

Je me suis enfoncé sous les sapins. Le chemin était assez dégagé, Marguerite n'aurait pas trop de mal à l'emprunter. Avec ma lampe j'éclairais devant et sur les côtés, les yeux plissés pour y voir le plus loin possible, mais je n'ai rien remarqué d'anormal. De temps en temps je m'arrêtais, je m'assurais que le schboing, schboing, schboing résonnait derrière moi et je repartais, aux aguets.

Arrivé aux châtaigniers, j'ai récupéré un grand bâton pour écarter les fougères sur les côtés. Pas de cadavre en vue, ni le moindre indice.

Marguerite m'a rejoint, elle a posé ses béquilles contre un arbre.

– Fatiguée ?

– Non, ça va.

J'aurais juré qu'elle mentait. C'était sûrement crevant de sauter comme ça. Et puis elle avait beau porter des gants, les poignées des béquilles devaient lui brûler les mains, à force.

– On va prendre à gauche. Au bout, il y a une clairière, juste derrière une rangée de marronniers. Le coin idéal pour planquer un cadavre !

– Je te suis, et là-bas je m'accorderai une pause.

– Je me dépêche. S'il n'y a rien, je reviens, ça t'évitera des déplacements inutiles, d'accord ?

Elle a hoché la tête et je suis parti d'un pas vif, sans oublier de scruter les alentours. Après avoir parcouru une centaine de mètres, il m'a semblé entendre un cri, pas très loin devant moi. J'ai stoppé net, tendu l'oreille. Peut-être une chouette, ça grouillait d'oiseaux nocturnes par ici. À moins que j'aie rêvé…

Entre les troncs serrés des marronniers, j'ai entrevu la clairière, baignée par la lueur d'une lune trop pâle. J'ai frissonné de plaisir. C'était comme au cinéma, quand un cinglé sur l'écran s'avance vers moi avec un couteau électrique à la main et que je suis confortablement assis, Coca dans la main gauche, pop-corn dans la main droite. Même pas peur !

GRENADINE POUR LA COULEUR

Au fond de la clairière, j'ai aperçu une masse sombre sur le sol. Le mort, peut-être... Je me suis approché, lampe en avant, mais ce n'était qu'une souche à moitié déracinée, pas de quoi donner un coup de sifflet. J'allais rebrousser chemin quand j'ai entendu des bruits de pas derrière un bosquet. Peut-être l'autre équipe, ou un lapin, ou un sanglier, ou le taré de *Massacre à la tronçonneuse*.

J'ai contourné la souche en essayant de discerner ce que les feuillages me cachaient et j'ai buté contre un truc mou.

Un corps.

Yes ! Bingo ! Gagné !

Je me suis agenouillé dans la boue en me demandant qui, de Noé, Brahim ou Manu, jouait si bien au mort. À moins qu'ils aient fait appel à un copain, ouais, c'était sûrement ça. Je ne reconnaissais pas l'imperméable, ni la silhouette. Je l'ai secoué un peu, il n'a pas bronché. Il est resté face contre terre, son dos se soulevait à peine quand il respirait. J'ai baladé ma lampe et j'ai vu le sang sur son crâne. Grenadine pour la couleur, café soluble pour les caillots, c'était drôlement bien imité, en plus ils n'avaient pas lésiné sur la quantité.

J'ai relevé la tête en entendant à nouveau un craquement, à quelques mètres seulement. Pas très discret. J'ai pris le sifflet et j'ai soufflé à fond mais je n'ai obtenu qu'un minuscule « pfuit », pas de quoi ameuter la foule. Avec un peu de chance, celui de Marguerite serait plus efficace. Puis, à fond dans mon rôle, j'ai crié :

– Police, on ne bouge plus !

Le type à mes pieds a gémi doucement.

– C'est bon, retourne-toi, j'ai jeté. Je t'ai trouvé, ce n'est plus la peine de faire le mort.

Il n'a pas réagi. J'ai écarté les cheveux qui masquaient sa figure et... Oh, merde, un vieux, au moins quarante ans, sûrement pas un pote de mon frère. J'ai regardé la blessure de plus près et j'ai senti la trouille m'envahir. Ce mec ne simulait pas. Et ce qui maculait sa tête, ce n'était pas de la grenadine.

Quant à ce qui se cachait derrière les buissons, à deux mètres de moi, je préférais ne pas y penser. Une branche a craqué, puis une deuxième… Mon cœur battait comme un fou et j'ai hurlé le premier truc qui me passait par la tête :

– Ne vous approchez pas, je vous préviens, j'ai tout vu.

Je n'aurais jamais dû dire ça.

Pire qu'une bête fauve, un type a bondi sur moi en rugissant et m'a plaqué au sol. C'est à ce moment-là que j'ai entendu le schboing, schboing, schboing que j'aimais tant s'approcher, inexorablement.

DIRECT EN ENFER

Mon agresseur a entendu les béquilles, lui aussi. Il m'a bâillonné avec sa main et j'ai senti qu'il se figeait. On était planqués par la souche, avec un peu de chance Marguerite ne nous verrait pas, elle quitterait la clairière en me maudissant, mais au moins il ne poserait pas ses sales pattes sur elle. Pour la première fois de ma vie, j'ai pensé : « Marguerite, va-t'en ! » Bien sûr, elle ne m'a pas entendu.

Elle s'est avancée encore un peu, elle a poussé un long soupir, fatigue et découragement mêlés, puis :

– Maxime, c'est vraiment pas drôle, je suis crevée, j'ai froid, j'en ai marre.

Pour seule réponse, elle a dû se contenter d'un gémissement du blessé, par terre. Le son d'un ballon qui se dégonfle. Flippant.

À la place de Marguerite, je me serais barré en vitesse, sans chercher à comprendre. Elle a fait exactement le contraire, elle s'est approchée en sautillant jusqu'à la souche et là, elle nous a vus. Elle n'a pas crié, elle a juste porté la main à sa bouche, les yeux écarquillés, et ses béquilles ont valdingué sur l'herbe humide.

– Maxime ? Tu...

Mon nouveau copain lui a coupé la parole :

– Ta gueule. Pas un mot, compris ?

Elle a hoché la tête sans me quitter des yeux et le type s'est relevé. Il a posé son pied sur ma poitrine et, de la poche de son blouson, il a sorti un flingue.

Du bout du canon, il lui a montré la souche. Elle a pigé, elle s'est assise dessus, sans un mot. Il m'a regardé en grognant :

– Toi aussi, fissa.

J'ai obéi, terrifié à l'idée qu'il allait nous tuer, là, tout de suite.

Il a tendu sa main libre vers nous en agitant les doigts.

– Vos sacs.

Il les a fouillés, madeleines, carnets, crayons, sifflets, avant de nous les rendre. Très lentement, il nous a braqués, un œil fermé comme pour mieux viser, avant de murmurer « Pan pan ». On aurait dit un môme qui tire pour de faux sur ses copains dans la cour de récré.

Marguerite a frissonné, ce mec avait l'air complètement fou. Il a jeté un coup d'œil à sa victime qui agonisait dans la boue et il s'est tourné vers nous pour cracher :

– Debout.

On s'est levés. Moi d'abord, en suppliant mes jambes de ne pas flancher, suivi de Marguerite. J'ai ramassé les béquilles et j'ai voulu les lui tendre mais le dingue a objecté :

– Pas besoin.

Il s'est planté devant elle, l'a attrapée par la taille et l'a basculée par-dessus son épaule. Puis il a pointé son arme sur moi et, d'un geste sec, a donné le signal du départ.

Je ne lui ai pas demandé où on allait, je le savais déjà.

Direct en enfer.

PETIT POUCET

Le type avançait vite. Il était costaud, le poids de Marguerite sur son épaule ne le freinait pas. Moi, je n'arrêtais pas de trébucher, à cause du flingue qu'il m'enfonçait au creux des reins. Je pensais aux autres. Avec un peu de chance on tomberait nez à nez avec eux au détour d'un chemin, ils lui sauteraient dessus, le maîtriseraient, appelleraient les flics et fin de l'histoire.

– Prends à gauche. À gauche, j'te dis !

À gauche, il n'y avait pas de chemin mais des ronces et des fougères que j'écartais tant bien que mal avec les béquilles. On a progressé dans cette jungle jusqu'à ce que la forêt cède la place à un parking désaffecté, au sol défoncé. Au beau milieu, un réverbère faiblard et une camionnette grise vers laquelle on s'est dirigés.

Il a posé Marguerite par terre, sans ménagement, et elle a grimacé. Il lui avait sûrement fait mal, ce salopard. Le pistolet braqué sur nous, il a sorti son portable et composé un numéro de téléphone.

– Nico ? Ouais, c'est Fred.

Nico et Fred... Il n'hésitait pas à donner des noms devant nous, c'était mauvais signe, comme s'il savait que nous n'aurions jamais l'occasion de le dénoncer.

Il a repris :

– Il voulait vingt mille de plus, tu vois le genre ? Tout ça parce que c'est lui qui nous a filé le tuyau ! Enfin, c'est réglé. Il nous emmerdera plus, tu peux me croire. Voilà ce qui se passe quand on est trop gourmand.

Il ne nous prêtait plus la moindre attention, il écoutait son pote, le regard au loin, et j'ai pensé que c'était le moment ou jamais. Si je n'agissais pas, je le regretterais peut-être toute ma vie, aussi courte soit-elle.

Alors je me suis adossé à la camionnette, l'air de rien, et j'ai remonté mon bras jusqu'à la fermeture de mon sac à dos. Je l'ai ouvert en toussant pour masquer le bruit. Marguerite m'a jeté un coup d'œil rapide, le type également, mais ça ne l'a pas empêché de poursuivre :

– Ouais, on fait comme on a dit, demain matin je charge tout, je passe te prendre et on file à Paris.

Le plus discrètement possible, j'ai fouillé dans mon sac et j'ai fini par trouver ce que je cherchais. Le crayon et le carnet, dont j'ai arraché une feuille, en douceur.

– Attends, raccroche pas. Dans le parc, il y avait deux mômes, ils ont tout vu, ils sont avec moi.

Je me suis légèrement décalé pour que Marguerite fasse écran entre lui et moi et, en aveugle, les mains dans le dos, j'ai copié l'inscription que j'avais lue sur l'arrière de la camionnette. « Paul services, travaux du bâtiment, Cherves ». J'ai signé Max, j'ai descendu mon bras le long du corps, très lentement.

– Non, c'est des mineurs, pas touche, ça pourrait nous coûter cher. Par contre, tu sais, le Russe, comment il s'appelle déjà ?

– …

– Bien joué ! Sergueï, ouais, c'est ça. Il a peur de rien ce type-là, il s'occupera d'eux, suffit de lui promettre un joli paquet de fric. Va voir au *Rancho*, il y traîne souvent. Dis-lui de me rappeler d'ici une heure à peu près, sur le fixe.

– …

– OK, ciao, j'y vais.

Il a rangé son portable avec un sourire satisfait, le sourire de celui qui vient de régler un problème les doigts dans le nez, puis il a ouvert le hayon de la camionnette en nous demandant de monter, allez, plus vite que ça.

Je me suis exécuté en laissant échapper la feuille. Marguerite m'a vu, elle a esquissé un sourire vite réprimé, sans doute pour ne pas attirer l'attention de Fred. Il y avait peu de chances qu'on ramasse mon message, je le savais bien, mais c'était la seule idée que j'avais eue. Jouer au Petit Poucet en espérant que quelqu'un passe par là.

À ce moment, loin, beaucoup trop loin, j'ai entendu un coup de sifflet. Ils venaient de découvrir le corps. Enfin, le faux.

CATASTROPHE PARTY

Obscurité totale, clé dans le contact, moteur qui démarre, en route. On roulait doucement, Fred le Dingue essayait sûrement d'éviter les nids-de-poule dont le parking était criblé. Il a pris un peu de vitesse, longue ligne droite, puis brusquement il a tourné à gauche, un virage sec, en direction de la quatre-voies, celle qui passait devant le Pertuis.

Je me suis assis sur mes mains, dans l'espoir qu'elles arrêtent de trembler. Je pensais à des trucs hyper déprimants. Cette camionnette ressemblait aux fourgons qu'on utilise pour mener les bêtes à l'abattoir... Et puis c'était ma faute, ce qui nous arrivait. Quand j'avais entendu du bruit dans les buissons, j'aurais dû m'enfuir en courant, me précipiter pour avertir Marguerite, la protéger. Mais non, j'avais préféré attendre que ça tourne au cauchemar. Ma soirée d'anniversaire était en train de virer à la catastrophe party.

Marguerite ne disait rien, je l'entendais à peine respirer.

J'aurais dû murmurer des mots rassurants, prendre sa main dans la mienne pour la réconforter.

Au lieu de ça, j'ai fermé les yeux. Et là, j'ai vu défiler le chignon sur sa nuque, la robe bleu nuit, les béquilles, le sherpa en terre et son yack, les fossettes sur sa joue gauche... J'ai senti les larmes monter et je me suis maudit de l'avoir invitée, tout ça pour finir au fond de cette fourgonnette de misère.

Le Russe, Sergueï le Terrible, je l'imaginais sans peine : un mètre quatre-vingt-quinze, que du muscle, la boule à zéro, les traits taillés à la serpe, les yeux bleu glacier – deux fentes à peine –, la bouche figée dans un rictus impitoyable...

Il s'approcherait de nous, les mains en avant. À la place des doigts il aurait des lames de rasoir effilées, comme dans *Razor Hands* et... Non, les lames de rasoir, ça manquait de réalisme, pas la peine d'en rajouter. Il aurait un flingue, tout simplement, et il tirerait deux fois. Une balle pour moi, une balle pour Marguerite. Point final.

Marguerite a reniflé. Elle pleurait, elle devait penser au Russe, elle aussi. J'ai senti le découragement m'envahir et prendre presque autant de place que la peur.

Il fallait que je me ressaisisse. J'ai chuchoté d'une voix tremblotante :

– Pleure pas, il ne va pas...

– Je pleure pas, je me suis enrhumée dans la forêt.

C'était sûrement vrai, sa voix était ferme. Ça m'a remonté le moral. Pas le genre à se laisser abattre, Marguerite, une fille super courageuse. Sûrement plus que moi. Alors avec sa tête, son courage et mes jambes, on s'en sortirait peut-être. Et il y avait une chose qu'on pouvait tenter tout de suite...

– Je vais essayer d'ouvrir le hayon, il n'est peut-être pas fermé à clé. Je sauterai en marche et...

Ma voix s'est éteinte. On roulait au moins à cent à l'heure, sauter en marche, ça risquait d'être aussi dangereux que de se retrouver entre les mains de Sergueï. J'aurais aimé que Marguerite me retienne, qu'elle s'écrie : « Fais pas ça Maxime, je t'en supplie ! » mais elle est restée silencieuse. L'espace d'une seconde, je me suis vu, ensanglanté, allongé sans vie sur le bitume... Qu'est-ce qui m'avait pris de proposer un truc pareil ?

Au bord de la nausée, j'ai crapahuté jusqu'au loquet et je l'ai trituré pendant une bonne minute. En vain, il était verrouillé, archiverrouillé.

J'ai insisté, pour la forme, puis j'ai poussé un long soupir. Je me suis agenouillé, la tête au creux des mains, et je me suis mis à pleurer. Trop de peur, trop de tension.

Et un peu de soulagement, aussi.

C'EST PAS UNE JAMBE ?

– Panique pas, Maxime, ils ne vont pas nous tuer, c'est trop risqué, même pour des types pareils.

J'aurais donné n'importe quoi pour qu'elle ait raison. Je n'y croyais pas, mais j'ai vite arrêté de renifler comme un gamin. Elle n'était pas du genre à tomber amoureuse d'un mec qui pleurniche. Elle a repris :

– On va s'en sortir, il suffit d'attendre qu'une occasion se présente. D'ici là, on doit rester calmes, ne pas perdre nos moyens.

Elle disait ça pour me consoler. Des occasions il n'y en aurait pas, on ne pourrait pas s'échapper, partir en courant, surtout elle. Noé et les autres nous chercheraient un moment, puis ils appelleraient la police, seulement ça ne servirait à rien... Appeler la police, mais oui, ça c'était une idée !

J'ai demandé, plein d'espoir :
– T'as un portable ?
Elle a eu un rire un peu étrange.
– Un portable, moi, jamais ! C'est à cause d'un portable si je suis dans cet état. Et toi, t'en as un ?
– Non. Dans notre quartier, on n'a pas de réseau, et au collège j'en ai pas vraiment besoin, alors j'ai un peu de mal à convaincre mes parents. Même Noé n'en a pas, t'imagine ! C'est... C'est à cause d'un portable, ta jambe ?
Un silence, puis soudain sa réponse a fusé, étrange elle aussi.
– Ce n'est pas une jambe.
Pas une jambe ? Elle a encore laissé passer quelques secondes avant de murmurer, si bas que je l'entendais à peine :
– C'est arrivé à la fin de la cinquième, juste avant les vacances. J'étais à l'arrêt de bus en train d'attendre avec d'autres gens, je bouquinais, et tout d'un coup une voiture a foncé sur nous...
J'ai avalé ma salive et j'ai attendu la suite.
– C'était un type qui téléphonait en conduisant, il a perdu le contrôle de son véhicule. On me l'a raconté après, moi, je ne me souviens de rien. Je me suis réveillée à l'hôpital, après un mois de coma. La jambe gauche multi-fracturée, et la droite amputée au-dessus du genou. J'ai une prothèse, maintenant, provisoire, elle n'est pas vraiment adaptée. D'où les béquilles, jusqu'à ce que j'aie la prothèse définitive.

Je ne respirais plus. J'avais les mains moites et à nouveau des larmes au bord des yeux. J'ai repris mon souffle et là, j'ai su que, quoi qu'il arrive, je n'oublierais jamais Marguerite, une fleur à la tige bien plus fragile que je ne l'avais imaginé. J'ai su aussi que les affiches dans ma chambre ne lui plairaient pas. Les films d'horreur, les sensations fortes, elle avait eu son compte. En même temps, elle n'était pas près d'y entrer, dans ma chambre.

J'ai ouvert la bouche pour lui jurer que moi, sa jambe, je m'en fichais, enfin non, je ne m'en fichais pas, mais ça ne changeait rien, je l'aimais comme elle était et... Sauf que les mots ne sont pas sortis et elle a continué à raconter.

– Je suis restée pas mal de temps à l'hôpital, puis plusieurs mois en centre de rééducation. Je ne revenais chez moi que le week-end. On a déménagé pour habiter une maison sans étage et j'ai fait ma quatrième par correspondance. Je croyais que j'allais continuer cette année, mais mes parents n'ont pas voulu. Retour à la vraie vie, ils ont dit. C'est comme ça que j'ai débarqué à Jules-Verne.

– Tu t'y plais ?

– Non. Je ne voulais pas reprendre le collège, je voulais rester chez moi. Je ne me sentais pas prête à affronter les regards, les questions.

En plus, le premier jour, quand t'es tombé sur moi, j'ai cru que c'était volontaire, une sorte de bizutage.

– Non, je…

– Et mon sac, je t'en parle pas ! La seule personne de la classe qui n'a pas levé le doigt, c'est toi.

– Mais je…

Impossible d'en placer une, elle était bien décidée à le vider, son sac, justement !

– Et ton invitation, j'ai pensé que c'était un pari entre Arthur et toi. Genre : « Chiche que je l'invite à un truc qu'elle ne pourra pas faire, simplement pour voir sa réaction. » Un peu du style de Manon et Lola, des pures pestes, celles-là. Deux jours après la rentrée, elles m'ont proposé de les accompagner à la piscine, t'imagines ?

Manon et Lola, les championnes du « Si ça se trouve ».

– Mais alors, pourquoi tu as accepté de venir à mon anniversaire ?

– Pour te prendre à ton propre piège, t'obliger à trouver un prétexte pour décommander…

Je n'en revenais pas. On naviguait depuis cinq semaines sur un océan de malentendus, des vagues grosses comme ça. Et maintenant que la houle se dissipait, on était enfermés dans la camionnette d'un dingue qui voulait se débarrasser de nous.

Je m'apprêtais à donner ma version des faits, ma chute, le sac, l'anniversaire, de façon à remettre les compteurs à zéro quand notre chauffeur a brutalement freiné pour tourner à droite.

À en croire les cahots qui nous secouaient, on venait de quitter la quatre-voies pour un chemin beaucoup plus confidentiel…

EN ATTENDANT SERGUEÏ

Notre ravisseur a stoppé la camionnette, il est descendu et on a entendu une porte coulisser. Il est remonté, on a avancé de quelques mètres. Arrêt moteur, frein à main, portière qui claque, mon cœur qui va défoncer mes côtes. Terminus.

Il a ouvert le hayon sans un mot, le flingue à la main. On était dans un garage. J'ai vaguement distingué un établi sur la gauche, avec des outils en pagaille, comme à la maison. À droite, des sacs de ciment, une bétonneuse, des parpaings... On a enfilé nos sacs à dos et j'ai esquissé un mouvement pour descendre, mais Fred m'a coupé dans mon élan, sur le ton qu'on emploie pour parler à un chien, et encore.

– Tss-tss-tss, pas bouger ! Vous allez gentiment attendre qu'un pote à moi vienne vous chercher. D'ici là, pas un bruit. Pas la peine d'essayer d'ameuter les voisins, des voisins, y en a pas. Compris ?

On était foutus, oui, j'avais compris.

Marguerite a levé la main comme si on était en cours.

– Monsieur, j'ai... j'ai besoin d'aller aux toilettes.

Il a levé les yeux au ciel, puis il l'a dévisagée sans un mot pendant dix bonnes secondes.

– Va dehors et surtout, magne-toi. Pas d'entourloupe, sinon mon flingue risque de se prendre d'amitié pour ton petit copain, tu vois ce que je veux dire ?

Elle est sortie tant bien que mal et elle a disparu dans la nuit en clopinant. Le type sifflotait en battant la mesure contre mes baskets avec le canon du revolver. Je lui trouvais l'air de plus en plus inquiétant.

Quand Marguerite est revenue, j'ai mis deux secondes à comprendre ce qui clochait. Son déhanchement était plus accentué que d'habitude. Comme si... Oui, c'était bien ça, elle avait laissé une béquille à l'extérieur. Pourvu que l'autre fou ne s'en rende pas compte ! Pour créer une diversion, j'ai bafouillé :

– M'sieur... Moi aussi, je... enfin je voudrais...

– Grouille-toi, j'ai pas que ça à foutre.
– Oui m'sieur.

Une fois dehors, j'ai pris le temps d'observer notre prison. C'était un pavillon, le même que celui de ma grand-mère, dont le garage occupait tout le rez-de-chaussée. Les pièces d'habitation étaient au premier étage, juste au-dessus de notre tête.

Marguerite avait joué au Petit Poucet, elle aussi : une de ses béquilles était posée en évidence sur un vieux tabouret, le long de la façade. Accrochée à la poignée, une feuille du carnet sur laquelle était noté SOS, en gros. Si par hasard quelqu'un passait sur la petite route, il la remarquerait, avec un peu de chance ça l'intriguerait...

De tous côtés, des champs à perte de vue, pas une seule habitation. Inutile de nous égosiller, à moins de vouloir ameuter les corbeaux. En plus, si ça se trouve, des corbeaux, dans un coin pareil, il n'y en avait pas.

Je suis rentré en vitesse et j'ai juste eu le temps d'entendre Fred le Taré demander à Marguerite :

– Alors comme ça ma jolie, on s'est cassé la papatte ?

Quel connard ! À cette minute, j'aurais donné n'importe quoi pour être un homme, lui bondir dessus, l'immobiliser, le...

– Dépêche-toi de monter.

– Oui m'sieur.

J'ai à peine eu le temps de grimper dans la camionnette qu'il claquait le hayon sur nous. Il a fermé le garage de l'intérieur, double tour, triple tour, il s'est dirigé vers le fond de la pièce – il devait y avoir un escalier pour accéder à l'étage. Il est monté, il a ouvert une porte, l'a refermée, puis plus rien.

J'ai chuchoté :

– C'est bien joué, pour la béquille.

– Mouais, sauf qu'à mon avis personne ne se promène jamais par ici. On peut peut-être allumer la lumière.

– La lumière ?

– Nos lampes de poche.

On n'en a allumé qu'une, histoire d'économiser l'autre, la nuit risquait d'être longue. Marguerite a mis de l'ordre dans son chignon, avant de demander :

– Bon alors, qu'est-ce qu'on fait maintenant, Maxime ?

Je l'ai regardée sans comprendre, ça l'a agacée.

– Ben oui, qu'est-ce qu'on fait pour sortir de là ! On ne va pas attendre les bras croisés que le Russe vienne nous chercher, si ?

– Marguerite, je regrette, c'est fermé de chez fermé.

Elle a haussé les épaules, petite moue lasse, yeux au ciel, puis à son tour elle s'est acharnée sur le loquet. Avec les mains d'abord, puis avec le bout de sa béquille, puis les mains encore, de plus en plus frénétique, mais le verrou n'a pas bougé, c'était du solide. Si on sortait, ce ne serait pas par là. Elle a renoncé en râlant entre ses dents et elle est revenue s'allonger à côté de moi, la main sous la nuque. Ses yeux brillaient comme si elle allait pleurer.

Fallait lui changer les idées, vite. Ça tombait bien, j'avais une question à lui poser, une question cruciale qui me tarabustait depuis la rentrée.

– Marguerite, t'as un copain ?

T'AS UN COPAIN ?

Marguerite a essuyé une larme d'un geste furtif avant de me dévisager, sourcil droit en l'air.

– Attends, c'est trop perso comme question. Et c'est vraiment pas le moment.

Elle a soupiré en détaillant ses ongles dans la pénombre, ils étaient bousillés à cause de sa lutte acharnée contre le verrou. Encore un soupir, puis :

– Enfin, au point où on en est, je peux bien te le dire. Figure-toi que les garçons, quand ils me regardent, ils ne voient pas une fille, ils voient une handicapée. Et crois-moi, ce n'est pas pareil. Bref, les candidats ne se bousculent pas et j'ai pas de copain, voilà.

Elle a haussé les épaules, comme si elle s'en fichait, comme si elle était au-dessus de ça. J'ai levé la main pour lui caresser la joue, sauf qu'à la place j'ai enfoncé mes doigts dans ma tignasse emmêlée.

Elle a continué :

– Tu sais, la seule chose qui compte pour moi, c'est de marcher normalement, le reste... Peut-être qu'après la Toussaint, quand j'aurai ma nouvelle jambe, je verrai la vie autrement. Enfin, si on s'en sort. Et toi, t'as une copine ?

Elle se confiait, c'était mauvais signe. Les confidences, on les réserve aux bons copains, pas aux candidats potentiels. Ça m'a fichu un bleu au moral.

– Non, mais...

– C'est pas comme Arthur ! Il sort avec Fatou depuis trois semaines.

J'ai ouvert la bouche comme si je manquais d'air. Hein ? Quoi ? Arthur, sortir avec une fille ? Non, impossible, je l'aurais su, on n'avait pas de secret l'un pour l'autre. À moins que...

Soudain, je les ai revus, Fatou et lui, en train de tapoter sur leur portable en SVT. Ils ne regardaient pas leurs antisèches, ils s'envoyaient des textos ! Et quand j'avais dit à Arthur que j'invitais Marguerite, il m'avait proposé de l'échanger contre Fatou, l'air de rien... Arthur, amoureux !

– T'es sûre ?

– Il n'a pas osé t'en parler. Il pense que tu comprendrais pas, que les filles, ça t'intéresse pas...

– Mais c'est pas vrai ! C'est lui qui...

– Maxime...

Elle fixait un point derrière moi, les yeux écarquillés, comme si elle voyait une apparition, un truc incroyable, Popoche en tutu...

– Regarde...

Je me suis retourné.

– Ben quoi, c'est juste la cloison qui nous sépare des sièges avant.

– Non, regarde bien sur le côté, il y a un espace, je suis sûre que la cloison peut coulisser. Vas-y, essaie.

Elle a braqué la lampe, je me suis agenouillé, j'ai glissé mes doigts le long de la paroi et j'ai tiré. Elle résistait mais Marguerite avait raison, en insistant je devais y arriver. J'ai forcé autant que je pouvais et tout d'un coup la cloison a cédé. Je suis tombé en arrière en provoquant un boucan pas possible et on n'a plus bougé pendant un moment, aux aguets. Fred le Déjanté n'avait pas dû nous entendre, car au-dessus rien n'a bougé.

On pouvait accéder aux sièges avant. Ça ne changeait peut-être pas grand-chose, n'empêche, il m'a semblé qu'on venait de faire un pas de géant.

Je suis passé par-dessus les dossiers et je me suis assis à la place du passager. J'ai ouvert la boîte à gants et je suis tombé sur un couteau, le genre de couteau pliant qu'on emporte en pique-nique. Je l'ai montré à Marguerite, elle a dit :

– Bravo !

Est-ce qu'elle s'imaginait que je l'utiliserais pour nous débarrasser de Fred ? Je l'ai remis en place sans attendre. J'ai fouillé au milieu d'un tas de saletés et de papiers qui traînaient par terre, inspecté le vide-poches puis, machinalement, j'ai actionné le loquet de la portière. Et là, même moi je n'y ai pas cru : c'était ouvert.

CE GRINCEMENT AU-DESSUS DE NOS TÊTES

J'ai aidé Marguerite à me rejoindre avec d'infinies précautions, comme si je manipulais la carafe en cristal de mon père, celle qu'il n'utilise jamais, de peur de la casser. Elle s'est assise à la place du conducteur et m'a dit :

– Allez, on sort.

J'ai posé un pied par terre et je n'ai plus bougé. Marguerite a mis sa main sur mon épaule, en serrant fort. J'ai tourné la tête vers elle, elle a plongé ses yeux dans les miens, mais ce n'était pas pour me faire une déclaration d'amour.

– Maxime, on sort de là. La solution à notre problème n'est pas dans la camionnette.

– Et s'il nous entend ? C'est un violent ce type, un vrai malade, enfin, j'sais pas…

– Il ne touche pas aux mineurs, c'est lui qui l'a dit. Descends, s'il te plaît.

J'ai obéi en silence, elle m'a suivi, lampe de poche en main. J'ai tendu l'oreille. Là-haut, il ne dormait pas.

Je percevais un fond sonore un peu confus, la radio ou la télé, et un grincement étrange, un va-et-vient régulier, celui d'une porte qui bat dans le vide ou d'un pendu accroché à une poutre, qui oscille inlassablement. Marguerite a chuchoté :

– Il doit se balancer dans un rocking-chair…

Se balancer dans un rocking-chair ! Comme Norman Bates, le serial killer de *Psychose,* à la fin du film ! D'ailleurs, à bien y penser, Fred et Norman se ressemblaient un peu. Bruns, les sourcils épais, les yeux enfoncés, le regard trop sombre, l'air mauvais, capables du pire et pire encore.

Marguerite a braqué sa lampe dans les environs avant de chuchoter :

– Pas la peine de chercher à ouvrir les portes, il y a des verrous partout… Par contre, tu pourrais grimper sur l'établi pour démonter ce soupirail, là-haut.

Grimper sur l'établi ? Oh non ! Et si le type se pointait et qu'il me trouve les bras en l'air, en train d'essayer de me tirer ?

En même temps, Marguerite me parlait comme si j'étais vraiment capable de nous sortir de là. Je n'avais pas envie de la décevoir. J'ai dirigé le faisceau de ma lampe sur le soupirail et j'ai penché la tête sur le côté, les yeux plissés, genre le type qui réfléchit avant d'agir.

– Ouais, ça vaut peut-être le coup d'essayer.

– OK. Moi je vais me plonger dans ces trucs-là.

Elle me montrait un tas de cartons plats, appuyés contre le mur, soigneusement scotchés. Je l'ai regardée progresser vers le fond du garage, son unique béquille à la main droite. Elle avançait en suivant le rythme.

Le rythme sourd du grincement au-dessus de nos têtes.

VACARME D'ENFER

Je me suis approché de l'établi et j'ai observé les outils. Mon père nous encourage toujours à les choisir avec soin.

Il aime bricoler autant que ma mère aime cuisiner et il obtient lui aussi des résultats... originaux ! Avant l'été, il avait insisté pour fabriquer le lit-mezzanine dont rêvait mon frère. Bilan des opérations : un truc énorme et bancal, plus moche qu'un vieux bateau rouillé en cale sèche.

Une fois terminé, il avait dû le démonter entièrement, au grand soulagement de Noé. Le lit occupait tellement de place qu'on ne pouvait plus ouvrir la fenêtre de sa chambre, ni l'armoire ni la porte.

J'ai pris un tournevis, un marteau et je me suis hissé sur l'établi en serrant la lampe entre les dents, un vrai pro. Le soupirail, très étroit, était recouvert d'un grillage rivé au mur. J'ai retiré la lampe pour dire à voix basse :

– Marguerite, à moins de me couper en deux, je ne sortirai pas par là.

Elle était en train d'ouvrir un premier carton. Elle ne s'est pas retournée, elle a juste murmuré :

– Moi, si.

Je l'ai imaginée, schboing, schboing, schboing sur le petit chemin devant le pavillon. Elle croiserait Sergueï, au volant d'une grosse BMW noire aux vitres teintées. Il s'arrêterait, descendrait et s'avancerait vers elle sans se dépêcher, les mains gantées de cuir...

J'ai essayé de déboulonner la grille. Je me suis appliqué, tournevis, marteau, tournevis et marteau, mais soit je m'y prenais super mal, soit elle était trop bien fixée, en tout cas elle ne bougeait pas d'un millimètre.

J'ai tenté d'attaquer le grillage directement, mais il était indestructible, échec total. Tant mieux. Je ne voulais pas que Marguerite parte seule dans la nuit.

– Maxime, je crois que j'ai trouvé quelque chose... Oh là là, j'y crois pas... On est mal barrés...

J'ai voulu lui dire « Quoi ? » mais je n'ai pas pu, à cause de la lampe qui venait de s'échapper de ma bouche.

Elle est tombée direct sur un pot en fer qui a valdingué par terre dans un vacarme d'enfer.

QUINZE MILLE PAR TÊTE

Le pot en fer a roulé sur le ciment, je le regardais, les yeux écarquillés, en me demandant comment j'avais pu être aussi maladroit. Marguerite s'est précipitée vers la camionnette, j'ai sauté de l'établi et on a entendu des pas rapides. Fred le Cinglé arrivait. J'ai aidé Marguerite à monter sur le siège avant, je me suis engouffré à sa suite et j'allais refermer la portière quand on a entendu la sonnerie du téléphone, juste au-dessus de nos têtes. Du coup Fred a fait demi-tour.

– C'est sûrement le Russe, m'a dit Marguerite. Va vite écouter. Vite !

J'ai eu envie de hurler « Non, je ne peux pas, j'ai trop la trouille ! » À la place, j'ai filé sur la pointe des baskets et grimpé quatre à quatre les marches de l'escalier.

J'ai collé mon oreille sur le trou de la serrure. Pendant les premières secondes, j'ai surtout entendu le sang cogner contre mes tempes, genre TGV lancé, puis ça s'est calmé.

De l'autre côté de la porte, ça négociait sec :

– ... Dix mille par tête.

– ...

– ... Non, pas au-dessus de quinze mille.

– ...

– OK, quinze mille, vendu. Pour le reste, tu t'y prends comme tu veux, mais tu les fais disparaître de la circulation.

– ...

– OK, demain matin, six heures.

Je n'ai pas attendu qu'il raccroche pour me carapater. Je me suis rué en bas, j'ai sauté dans la camionnette, fermé la portière en douceur et j'ai rejoint Marguerite. Le doigt posé sur mes lèvres, j'essayais de reprendre mon souffle. On a attendu en silence.

À nouveau des pas, la porte qui s'ouvre, la lumière du garage qui s'allume, la première marche qui craque... J'ai fermé les yeux, bloqué ma respiration, il allait nous... mais le pot de fer avait peut-être roulé sous la camionnette, en tout cas Fred le Tordu ne l'a pas vu. Il a descendu l'escalier, fait le tour du garage et entrouvert le hayon. Il nous a regardés sans un mot, juste un « tss-tss-tss » avant de le refermer dans un claquement sec, sans oublier le tour de clé.

Il est remonté sans se presser et on a soufflé, soulagés.

– Raconte.

Marguerite était très pâle. Des cernes gris bleu sous les yeux, des mèches en désordre, de la poussière partout sur sa robe… Je me suis retenu pour ne pas l'embrasser et je lui ai raconté. Quinze mille par tête, disparaître de la circulation, six heures dernier délai. Du concret.

Elle a accusé le coup, tête baissée, en respirant un peu vite. Puis elle m'a demandé :

– Quelle heure il est, là ?

J'ai soulevé ma manche, sauf qu'à l'emplacement où se tenait ma montre d'habitude, il n'y avait rien. Je l'avais perdue sans m'en rendre compte. Je l'adorais cette montre. Mon père me l'avait offerte pour fêter mon passage en troisième, un événement auquel il ne s'attendait pas, et moi non plus.

– Je ne sais pas. Minuit, peut-être un peu plus. Ça nous laisse six ou sept heures pour…

Pour attendre qu'on vienne nous trucider. Je ne l'ai pas précisé, elle avait compris.

Elle m'a souri tristement, ça m'a broyé le cœur, et j'ai poursuivi, faussement enjoué :

– Tu me racontes ce que t'as trouvé dans les cartons ?

LES MULMANN

Marguerite a pris le temps de bâiller et de se caler le plus confortablement possible contre la paroi en grimaçant légèrement, sa jambe devait lui faire mal.

– Des tableaux, rien que des tableaux. Mais pas n'importe lesquels. Des Mulmann, une bonne dizaine. C'est pour ça qu'on est mal barrés.

À son ton, j'ai compris que tout le monde connaissait Mulmann. Sauf moi. J'allais passer pour une buse, mais tant pis.

– C'est qui ?

– T'es pas au courant ? Ils ne parlent que de ça aux infos depuis hier soir.

Les infos, à la maison, on ne les regardait jamais. Ma mère écoutait la radio en rentrant du bureau, et pendant le dîner, si elle avait entendu une nouvelle importante, elle nous racontait. La mort d'un chanteur, d'un acteur, des licenciements en pagaille, bref, rien de très gai, on passait vite à autre chose. Mulmann, elle avait zappé.

Marguerite a bâillé une deuxième fois avant de se lancer.

Mulmann était un peintre allemand qui s'était marié avec une Française dans les années trente. Ils vivaient dans un petit bled paumé, Sancy, au nord du département. La guerre avait éclaté, et il avait dû se cacher, parce qu'il était juif. Avec sa femme, ils s'étaient réfugiés dans la forêt de la Braconne, au fond d'une grotte où on cultivait les champignons. Ils avaient passé cinq ans dans ce trou, sans en sortir. Les gens du coin s'étaient relayés pour subvenir à leurs besoins et Mulmann n'avait jamais cessé de peindre, à la lueur d'une lampe à huile ou d'une bougie.

Ses tableaux étaient étranges. Des scènes de chasse ou des natures mortes dans lesquelles le gibier était remplacé par des humains sacrifiés, au visage émacié. Des portraits de sa femme, aussi, ou des paysages imaginaires dévastés par la guerre.

Dans les années cinquante, le couple s'était installé à New York et Mulmann était rapidement devenu célèbre.

Parvenue à ce point de son récit, Marguerite s'est tue. Elle a appuyé sa tête contre la paroi, elle a fermé les yeux. Je l'ai observée quelques secondes, peut-être qu'elle se concentrait, qu'elle cherchait ses mots. Sauf qu'au bout d'une minute, il m'a semblé percevoir un léger ronflement... Non, je ne pouvais pas le croire, elle venait de s'endormir !

Là, j'ai fait un truc pas très chouette. J'ai toussé le plus fort possible, jusqu'à ce qu'elle ouvre les paupières, l'air un peu perdue.

DU LOURD

Marguerite s'est frotté les yeux, puis elle a posé la main sur son ventre qui gargouillait.

– Désolée, mais tout ça ne me coupe ni le sommeil ni l'appétit.

J'avais bien un truc à lui proposer... J'ai fouillé dans mon sac pour en sortir les madeleines de ma mère.

– Tiens, c'est...

Elle a eu l'air intriguée. Normal, ça ressemblait à... Pour être honnête, ça ne ressemblait à rien et surtout pas à des madeleines. Elle a commencé à grignoter, pensive, avant de mordre à belles dents, comme si... oui, comme si elle aimait ça. Normalement, les madeleines de ma mère, je les filais aux oiseaux ou à Arthur, qui les filait à son chien.

– Elles sont super bonnes ! Un goût de fait maison, j'adore.

Elle ne plaisantait pas. Elle aimait vraiment ça et elle a englouti les trois qui me restaient. Dire que ma mère venait de trouver sa première et unique fan et qu'elle ne le saurait peut-être jamais. J'ai laissé Marguerite déguster sa dernière bouchée, balayer les miettes éparpillées sur le velours de sa robe, et j'ai demandé :

– Alors, le peintre ?

– Il est mort cet été, à New York. En septembre, sa femme est revenue vivre dans sa maison de Sancy. Elle a rapporté pas mal de tableaux, et ça s'est su...

Marguerite m'a dévisagé, puis d'un geste du menton elle a désigné le fond du garage. Pour la suite, elle n'avait pas besoin de m'expliquer, j'avais deviné. J'ai montré le plafond du bout du doigt.

– Elle a été cambriolée et les voleurs sont...

– Ouais. Ils l'ont assommée, ils l'ont ligotée et ils se sont servis. Elle n'a pas supporté le choc, quand on l'a retrouvée elle était morte. C'est horrible, hein ?

J'ai hoché la tête, dégoûté. S'en prendre à une personne âgée, c'était ignoble. Elle a poursuivi, hésitante :

– Maxime, il y a... Il y a autre chose, mais il faut que tu me jures de n'en parler à personne !

Et à qui elle voulait que j'en parle ? À Sergueï ?

Elle a dû lire dans mes pensées car elle s'est reprise aussitôt :

– Enfin, si on s'en sort.

Je n'ai pas eu le temps de jurer, elle a continué :

– Voilà. À côté des tableaux, j'ai trouvé une boîte pleine de bijoux et… j'ai pris ça.

Elle a tendu sa main devant moi. Sur sa paume, un cœur doré, un peu cabossé, attaché à une chaîne. Elle a passé le bout de l'index dessus en souriant :

– Il est beau, hein ?

Je n'ai rien répondu. Tout d'un coup, je me sentais mal, vraiment mal. La fille que j'aimais venait de voler un bijou. Pas n'importe quel bijou, pas une babiole à Monoprix, non, un bijou qui avait appartenu à une vieille dame qui venait de mourir. C'était comme si elle avait dépouillé un cadavre…

J'ai trouvé ça écœurant et instinctivement je me suis reculé. Quand Noé larguait ses petites copines, il me disait toujours que c'était à cause d'un détail. Quand je lui demandais lequel, il répondait : « C'est la mystérieuse histoire du détail qui tue, et je ne te la raconterai pas ! »

Sauf que là, ce n'était pas un détail, c'était du lourd.

MISÉRABLE VERMISSEAU

Marguerite a pris le cœur entre ses doigts.

– Attends, t'as pas tout vu.

Très délicatement, elle l'a ouvert. À l'intérieur, une photo jaunie, minuscule, un homme et une femme les yeux dans les yeux.

– C'est les Mulmann. Regarde, il y a leur nom et une date, là, gravée : 5 mai 1934. Peut-être le jour de leur rencontre ou de leur mariage. J'adore !

Là, c'était trop. J'ai lancé sèchement :

– Marguerite, tu ne peux pas faire une chose pareille. C'est du vol, c'est dég…

Elle m'a dévisagé, interloquée, et son sourire s'est figé.

– Quoi ? T'es en train de me traiter de voleuse, c'est ça ? Mais t'es nul, t'as rien compris ! Je ne veux pas que ça reste entre les mains de ce gros porc, là-haut, c'est tout ! Si par miracle on s'en tire, fais-moi confiance, je trouverai la tombe de madame Mulmann, et j'irai enterrer le médaillon juste devant, voilà ce que je ferai ! Et si tu ne me crois pas, je m'en fous !

Elle était vraiment en colère, ses joues avaient repris des couleurs et elle secouait tellement la tête que son ruban s'est dénoué.

Je me suis senti minable de l'avoir soupçonnée. Je n'ai pas eu le temps de m'excuser, elle avait encore un truc à me dire. Un truc de taille.

– Maxime, dans quelques heures, un type va peut-être nous tirer une balle dans la tête et moi, ce que je vois, c'est que t'es là, peinard, en train de me juger alors que t'as rien pigé. À ta place, la plupart des mecs seraient en train de se démener comme des bêtes pour nous sortir de là. Mais non, monsieur ne lève pas le petit doigt, il reste là, tranquille, pépère, et en plus il me donne des leçons de morale ! Complètement à côté de la plaque !

Elle a flanqué un coup de poing par terre avant d'ajouter :

– Je te garantis que si j'avais mes deux jambes, ça ne se passerait pas de cette manière, j'attendrais pas qu'on nous mène à l'abattoir sans rien tenter.

C'était comme une scène de ménage, sauf qu'on n'était pas un couple et qu'on n'en serait jamais un, jamais. Non seulement on allait crever, non seulement elle n'était pas amoureuse de moi, mais en plus elle me méprisait. J'ai murmuré :

– Désolé, je ne vois vraiment pas ce que je peux faire. Si t'as une idée...

Elle a levé les yeux au ciel, comme si la solution se trouvait, depuis le début, à portée de main.

– Ce que tu peux faire ? C'est pas compliqué ! Prendre n'importe quoi de lourd, une enclume si tu veux, monter à l'étage, ouvrir la porte, t'avancer vers l'autre cinglé qui doit dormir et lui balancer le truc sur la tête. Légitime défense, personne ne t'en voudra, surtout pas moi.

Heureusement, j'avais les yeux baissés. Sinon, dans mon regard, elle aurait croisé la panique et la lâcheté, en train de danser, étroitement enlacées. Et le désespoir de n'être pour elle qu'un misérable vermisseau, incapable de défoncer le crâne d'un homme à coups d'enclume.

UN CLASSIQUE

Marguerite s'est allongée en me tournant le dos. Sur le sol de la camionnette, j'ai écrit dans la poussière : « Papa, maman, Noé, Arthur », le nom des gens que j'aimais le plus au monde et que je ne reverrais jamais.

Les épaules de ma voisine se secouaient bizarrement, elle pleurait. J'ai ajouté « Marguerite », puis j'ai vite effacé mon gribouillis et je suis sorti.

À l'étage, c'était silence total, exit le rocking-chair. Elle avait raison, Fred le Killer devait dormir.

J'ai éclairé le garage avec la lampe, mais je n'ai rien perçu de nouveau. Pas de super héros venu à notre secours, pas de miracle en vue, aucun espoir à l'horizon. Pour gagner du temps, j'ai inspecté les portes du garage. Trois verrous, pas moins, inutile d'espérer quelque chose de ce côté-là, mais ça je le savais déjà.

Restait l'établi. Et les outils. Pour un meurtre, c'était sûrement comme pour le bricolage, il fallait les choisir avec soin. J'ai saisi une masse, un truc énorme capable d'assommer un bœuf, si lourd que je pouvais à peine le soulever. J'ai aussi essayé un outil de jardin, un truc avec deux pointes vicieuses sur le devant et un gros talon derrière. Je l'ai brandi et j'ai imaginé que je l'enfonçais dans une boîte crânienne. Comme la petite fille possédée dans *Demoniac,* celle qui tuait tout ce qui bougeait à coup de piolet, même les chatons. Trop beurk comme film. Je l'ai reposé, rien que de penser au sang qui giclerait, j'avais la nausée.

Non, j'avais besoin d'un truc pratique, pas trop gros, pas pointu, mais suffisamment lourd pour assommer un homme sans le tuer. Pas envie d'avoir un mort sur la conscience, pas même cette ordure de Fred.

Finalement j'ai choisi un classique, un bon vieux marteau. Je l'ai manipulé pendant deux minutes, j'ai inspiré à fond et je me suis dirigé vers l'escalier. J'ai monté les marches très lentement, conscient de la gravité de ce qui était en train de se jouer. J'allais commettre un acte criminel pour sauver deux vies innocentes.

C'était sûrement ce que plaiderait l'avocat lors de mon procès, avant que le jury m'envoie pourrir au fond d'une cellule sordide bourrée de vrais méchants qui me regarderaient arriver en ricanant.

Du haut des marches j'ai regardé la camionnette une dernière fois et j'ai posé ma main sur la poignée. J'ai fermé les yeux et je me suis vu, moi, Max, quatorze ans, un mètre soixante-quatre, quarante-cinq kilos, tremblant des pieds à la tête, amoureux transi, apprenti meurtrier.

J'ai ouvert la porte et je suis entré. Sur le mur, dans la pénombre, j'ai vu briller les aiguilles d'une horloge. Une heure cinquante-sept, l'heure du crime.

COMME UN ZOMBIE

Six minutes plus tard, à deux heures trois, je redescendais dans le garage. Je tremblais des pieds à la tête et j'ai dévalé les marches comme un zombie. J'ai balancé le marteau sur un sac de ciment posé contre le mur. Je me suis penché, la main sur l'estomac, j'avais super envie de vomir.

Je me suis efforcé de respirer calmement, par le nez, par la bouche, par les deux puis je me suis redressé pour avancer jusqu'à la camionnette.

Marguerite dormait, plus la moindre trace de colère ou de déception sur le visage. Son souffle soulevait une mèche égarée sur son visage. Sa main droite était posée sur la béquille, complètement détendue.

J'ai vu un petit carton qui dépassait de sa poche, j'ai tiré doucement et j'ai lu : « La femme du détective. Son cerveau, quoi ! » L'écriture de Noé. J'ai remis le petit carton en place sans sourire. La murder party était finie depuis longtemps.

Là, j'aurais pu procéder comme dans les contes de fées, me pencher avec légèreté pour embrasser les lèvres closes de la princesse endormie. Sauf que je n'étais pas taillé pour jouer les princes charmants. Et puis j'avais autre chose à faire. Lui parler, vite. Lui raconter ce qui s'était passé et m'en libérer, définitivement.

Je n'ai pas cherché le moyen le plus subtil de la réveiller. J'ai posé ma main sur son bras et je l'ai secouée.

– Marguerite ?

J'ai renouvelé l'opération deux ou trois fois, ses paupières se sont enfin soulevées.

– Hein ? Quoi ?

Elle s'est assise, le regard inquiet, et je me suis lancé. Simple, direct, sans rien exagérer.

– Voilà. Je suis monté avec un marteau. Derrière la porte, il y avait un couloir et deux portes fermées. Pas de bruit, pas de lumière. J'ai poussé la première, sur la droite. C'était une chambre, avec un lit, et dans le lit, t'avais raison, ça roupillait sec. Je me suis avancé et...

Elle m'a interrompu, comme si elle craignait que je continue :

– Maxime, tu ne l'as pas...

– J'ai levé le marteau en essayant de viser au mieux. Sauf qu'à ce moment-là j'ai compris qu'il y avait quelque chose qui clochait. C'était pas l'autre dingue, dans le lit. C'était...

J'ai dégluti pour tenter d'enlever ce goût de cendre que j'avais dans la bouche et j'ai poursuivi mon récit :

– Un type que j'ai jamais vu, pas tout jeune, avec des cheveux gris. Je ne sais pas s'il dormait ou s'il était inconscient, mais il avait l'air vraiment mal en point. Il était ligoté et il avait du sang sur la tête. C'est peut-être le gars qui habite ici, « Paul services... » enfin, j'sais pas. Après j'ai entendu l'autre cinglé se racler la gorge dans la pièce d'à côté et je me suis barré. Et puis autant que tu le saches, le coup de marteau, je n'aurais pas pu le donner. J'en suis incapable parce que...

Ma voix s'est éteinte, et enfin j'ai repris :

– Parce que t'avais raison. Je ne suis pas un mec courageux.

MAXOU ?

– D'abord le type dans le bois, puis madame Mulmann et maintenant cet homme, juste au-dessus de nous, a balbutié Marguerite.

Pendant un moment, elle a eu l'air absente, les yeux pleins de larmes. Elle se mordait les lèvres, les cheveux en vrac devant le visage, puis elle a remonté son genou gauche sous son menton, en lissant machinalement les plis de sa robe. Elle a fini par me regarder d'une façon étrange, comme si elle se rappelait soudain ma présence.

– Excuse pour tout à l'heure. J'étais en colère. Je n'aurais jamais dû te dire de monter, c'était hyper dangereux, je suis désolée, t'imagines pas à quel point.

Je m'attendais à ce qu'elle ajoute : « Et maintenant, qu'est-ce qu'on fait ? », mais non, elle a murmuré :

– Je crois qu'on a tout essayé, on n'a plus qu'à espérer...

Son menton tremblait. L'espoir, elle savait bien qu'il n'y en avait plus. Elle n'a même pas essuyé la grosse larme qui roulait sur sa joue droite, elle a prononcé d'une toute petite voix :

– Je crois... Je crois que j'ai encore besoin de dormir. Je sais que c'est nul, ça doit être le stress...

J'ai hoché la tête, je comprenais. Elle s'est allongée, sans me tourner le dos cette fois. Elle a fermé les paupières et deux minutes plus tard, elle dormait.

Je me suis étendu face à elle. J'avais l'estomac noué, je revoyais ce type ensanglanté, là-haut, dans le lit. Ce devait être « Paul services », le propriétaire de la maison et de la camionnette, Fred avait dû le neutraliser pour occuper les lieux en toute tranquillité. Cherves était à quelques kilomètres à peine de Sancy, les flics ne soupçonnaient sans doute pas le voleur de s'être réfugié si près du lieu du crime. J'ai senti ma gorge se serrer. Il fallait que j'arrête de penser à tout ça, ça ne servait à rien. J'avais trois bonnes heures devant moi pour contempler Marguerite. C'était le plus beau des tableaux, plus beau que le plus beau des Mulmann, j'en étais sûr.

Soudain j'ai sursauté. Je m'étais endormi, moi aussi, et je venais de rêver qu'on m'appelait. Je me suis assis, la bouche pâteuse, les bras et les jambes ankylosés, et j'ai entendu :

– Maxou ? Maxou ?

Un chuchotement, à peine perceptible. Cette fois, je ne rêvais pas. Je suis sorti de la camionnette, j'ai regardé en direction du soupirail. Derrière le grillage se tenait le plus puissant des super héros. Noé, mon âne, mon frère.

MÛR, SÉRIEUX ET RESPONSABLE

Noé avait le visage collé au grillage, je me suis hissé à sa hauteur en grimpant sur l'établi et j'ai chuchoté :

– Vite, faut nous sortir de là, il y a un type qui doit venir nous chercher pour nous tuer.

– Hein ? Qu'est-ce que tu racontes ?

– Je te jure que c'est vrai, il devrait être là vers six heures.

D'habitude Noé n'a jamais l'heure, mais là il a soulevé sa manche. Accrochée à son poignet, ma montre.

– Je l'ai trouvée dans le parc, à côté du… du vrai cadavre. Il est cinq heures moins le quart, faut qu'on se bouge, ça urge.

– C'est fermé partout, Noé, tu ne pourras pas nous faire sortir. Si seulement on avait des portables. Non, écoute, il faut que tu fasses demitour et que t'avertisses les flics, vite !

Il a secoué la tête, soucieux.

– Impossible, mon vieux, j'ai plus une goutte d'essence dans mon scoot. Ils sont combien là-haut ?

– Un type tout seul, mais il a un flingue, il est dangereux.

Noé a froncé les sourcils, il réfléchissait, et je n'ai pas pu m'empêcher de lui demander :

– Comment tu t'y es pris pour nous retrouver ?

Il a secoué la tête et, pour la première fois de sa vie, m'a fait une réponse de type mûr, sérieux et responsable :

– Je te raconterai tout ça plus tard, Maxou. Là, il faut que je trouve d'urgence un plan pour vous sortir d'ici, on n'a pas de temps à perdre. Je pourrais essayer de forcer la serrure du garage, ou…

– Attendez, j'ai peut-être une idée.

C'était Marguerite. Elle était là qui nous examinait, le visage gonflé de sommeil, debout devant la camionnette.

FRED LE SECOURISTE

Marguerite nous a exposé son plan d'une traite. C'était hyper risqué, une équation à plusieurs inconnues, du genre de celles que j'étais incapable de résoudre, mais c'était notre seule chance. Je devais être très pâle parce que Noé m'a demandé :

– Ça ira, Maxou ?

J'ai hoché la tête en le regardant. Il avait l'air inquiet pour moi. Comment est-ce que j'avais pu trouver qu'il ressemblait à un âne ?

On a discuté du plan pendant un petit moment, les grandes lignes et les détails, à voix basse, et il a dit :

– OK, pas la peine d'attendre, j'y vais.

On a échangé un dernier regard tous les trois, histoire de se dire adieu au cas où.

Noé a filé, Marguerite s'est postée en bas de l'escalier et moi, j'ai gravi les marches une nouvelle fois.

Je me suis collé à la porte et j'ai patienté. Pas longtemps. La sonnerie a retenti trois fois de suite. Je m'y attendais, mais ça ne m'a pas empêché de sursauter.

Noé a sonné encore une fois et, dans la maison, Fred le Psychopathe a enfin réagi. J'ai entendu un grognement puis ses pas lourds, la porte qui s'ouvre, une voix qui bougonne :

– Qu'est-ce que c'est ?

La réponse de Noé, affolé, a fusé :

– M'sieur, m'sieur, j'ai eu un accident de scoot, en bas de chez vous, juste après le virage. J'ai un pote avec moi, il est blessé, je crois que c'est grave, il y a du sang partout. Venez vite, monsieur, faut nous aider.

Fred se taisait, mon cœur battait à tout rompre. J'en étais sûr, ça allait foirer, ce n'était pas le genre de mec à se porter volontaire pour dépanner son prochain.

Il a marmonné :

– Ton pote, je t'aide à le remettre sur le porte-bagages et vous vous cassez. C'est pas un endroit pour traîner, ici.

J'ai entendu les pas de Noé s'éloigner dans le gravier, puis ceux de Fred le Secouriste et je me suis précipité. J'ai regardé partout, comme un chien à l'affût, l'instinct en moins.

Putain, il était où ce téléphone ? Pas dans l'entrée, pas dans la chambre... Là, dans le salon, sur un petit guéridon. J'ai décroché fébrilement et j'ai composé le 17. Vite, vite, vite... Tonalité, sonnerie, une fois, deux fois.

– Toutes les lignes de votre correspondant sont occupées, veuillez renouveler...

– Non pitié !

J'ai recommencé, le combiné quasiment encastré dans mon oreille.

– Ne quittez pas, nous allons prendre votre appel. Ne quittez pas, nous allons prendre votre appel.

– Répondez-moi ! Répondez-moi !

– Police j'écoute !

– Madame, vite, on a été enlevés par un type super dangereux, il a volé les Mulmann. Je m'appelle Maxime Astier, je suis avec une copine, Marguerite Brunet, et mon frère est avec nous. On est à Cherves, lieu-dit Oudry, chez... chez Paul services. Faites vite, il y a un blessé, c'est pas une blague je vous en supplie, madame, vite, vite.

J'ai raccroché, je me suis précipité dans l'entrée et là, j'ai hurlé. Noé me regardait fixement, le flingue braqué sur la tempe.

TSUNAMI

Fred m'a tapé la tête du plat de la main.

– T'as appelé les flics, c'est ça ?

Ce n'était pas une question, plutôt une affirmation qui se passait de réponse. J'ai pourtant essayé :

– Non m'sieur, je vous j…

– Ta gueule. On descend, vous m'aidez à charger et on part en balade.

Il a ouvert la porte qui menait au garage et il m'a poussé pour que j'aille plus vite.

– Descends, je te dis.

Marguerite nous attendait en bas. Elle était chargée d'appliquer le plan B, au cas où Noé n'aurait pas pu se barrer en courant, au cas où je me ferais choper et qu'on se retrouve tous à la cave.

On y était, sauf que notre plan B ne valait strictement rien. Un truc de mômes, sans aucune chance d'aboutir.

Je suis arrivé en bas de l'escalier, suivi par Noé, en m'efforçant de ne pas tourner la tête pour regarder Marguerite. Comme prévu, elle a glissé sa béquille au travers de l'escalier au dernier moment pour que l'autre taré se prenne les pieds dedans et se casse la figure. Dans l'idée, on devait se jeter sur lui et le maîtriser. Loupé. Il a vu la béquille, il l'a enjambée et il a marmonné entre ses dents :

– Putain, j'y crois pas !

Le flingue braqué sur nous, il a tourné la tête vers Marguerite. Elle le fixait, comme hypnotisée. Il lui a fait signe de s'approcher et elle a obéi, en boitant horriblement. Là, menaçant, il a levé la main gauche en serrant les mâchoires. Je n'ai pas supporté l'idée qu'il la frappe. Je me suis senti submergé par une vague de fureur irrépressible, un tsunami de rage qui m'a propulsé en avant. Je lui ai sauté à la gorge de toutes mes forces en hurlant :

– Tu la touches pas !

Toutes mes forces, pour lui, c'était rien. L'impact l'a surpris, vaguement déstabilisé, il a lâché le flingue pour m'envoyer valdinguer contre le mur.

Ma tête a heurté le ciment, puis mon cou, et j'ai entendu Marguerite crier.

Fred le Malade s'est penché pour ramasser son arme. J'ai eu le temps de voir Noé attraper à toute vitesse le marteau que j'avais posé sur le sac de ciment. Il l'a abattu sur le crâne de ce salaud, et je me suis évanoui.

SIX HEURES MOINS CINQ

Quand j'ai ouvert les yeux, ma première envie a été de les refermer, à cause de la douleur. Une migraine qui partait des sourcils et qui m'encerclait le crâne pour descendre jusqu'aux épaules.

– Ne bouge pas, surtout ne bouge pas.

C'était la voix inquiète de Marguerite. Elle était assise contre moi et me scrutait. À ma droite, Noé, à genoux, des traces de larmes mal essuyées sur les joues, a passé une main sur mon front en murmurant :

– T'es resté inconscient longtemps. T'inquiète pas, les secours vont arriver, on va t'emmener à l'hôpital, ils vont te soigner. Tout va bien, Maxou.

J'ai répété faiblement :

– Les secours ?

– Oui, j'ai rappelé les flics. Ils font le maximum pour arriver avant le Russe…

Oh merde. Sergueï était en route lui aussi. Mon frère a empoigné le flingue et l'a braqué sur la porte du garage.

– Et Fred, il est mort ? j'ai demandé.

C'est Marguerite qui a répondu :

– Non. Mais bon, c'est pas la grande forme, on perçoit à peine son pouls. On lui a quand même ligoté les mains, au cas où. Et toi, comment tu te sens ?

J'ai remué les bras, les jambes, les pieds, tout fonctionnait normalement. Le cou et la tête, par contre… J'ai grimacé un sourire.

– Ça va aller. Noé ?

– Oui ?

– Vous avez trouvé le mort ?

– Le mort ? Quel mort ?

– Ben, celui de la murder party !

– Ah… Oui, Basile l'a découvert sous des branchages, derrière le petit pont. La victime, c'était Clara, tu sais, la copine de Brahim.

– Et le meurtrier ?

– Ton frangin en personne ! Mais bon, quand on a vu que vous ne vous pointiez pas, la murder party, on l'a abandonnée. On vous a cherchés un bon moment avant de tomber sur ce type à côté de la souche, puis sur ta montre, et là, panique à bord !

– Vous avez appelé la police ? a interrogé Marguerite.

– Les portables ne passaient pas. On est vite retournés à la maison pour contacter les flics et les parents.

Il s'est tu en soupirant, comme si l'histoire était finie, alors je l'ai relancé :

– Et après ? Raconte.

– Je vous passe les détails, mais on est revenus sur les lieux avec la police et les parents de tout le monde, branle-bas de combat, les flics n'arrêtaient pas de nous poser des questions, l'angoisse ! Vers trois heures, ils ont décidé de sonder l'étang. Ils nous ont dit de rentrer, qu'ils nous tiendraient au courant. Papa et maman étaient effondrés, t'imagines, et moi j'avais vraiment pas sommeil. Alors je me suis éclipsé en douce, je suis retourné près de la souche et de fil en aiguille j'ai atterri sur le parking. J'ai découvert ton message, Max, et là, j'ai pas réfléchi, je suis remonté sur mon scoot et j'ai filé.

Je n'ai pas trouvé la force de parler, j'ai juste tendu ma main à Noé et il l'a serrée doucement.

Marguerite a murmuré :

– Quelle heure il est ?

Mon frère a répondu, la voix étranglée, la mine grave :

– Six heures moins cinq.

On s'est retranchés dans le silence, les yeux rivés sur la porte du garage, attentifs au moindre bruit. J'avais toujours aussi mal au crâne mais je me sentais étrangement bien, dans le coton, entre veille et sommeil. Un drôle d'état qui tenait la peur à distance.

C'est Noé qui a entendu la voiture en premier.

– Elle ne roule pas vite, on dirait quelqu'un qui cherche son chemin.

On a retenu notre souffle, puis les pneus ont crissé et le véhicule s'est garé juste devant le garage.

DEPUIS LA RENTRÉE

Le visiteur a refermé la portière de sa voiture. Ses pas se sont dirigés lentement vers l'escalier qui menait à la porte d'entrée de la maison, au-dessus de notre tête. Ce n'étaient pas les flics. Eux, ils se seraient annoncés, ils nous auraient parlé. Non, c'était Sergueï. Qui allait pénétrer dans le pavillon, chercher Fred, ne pas le trouver et descendre à notre rencontre.

Noé s'est tourné pour pointer le flingue vers la porte. Ses mains tremblaient, il respirait fort et, soudain, on a sursauté. Un cri venait de déchirer le silence, le plus beau cri qui soit :

– Police ! Ne bougez plus, vous êtes en état d'arrestation.

Puis un vacarme terrible, comme une armée qui charge, une cavalcade, un cri, une chute et des ambulances qui arrivent, les sirènes à la fête, au moins deux, peut-être trois, peut-être plus. Noé a laissé tomber le pistolet en murmurant :

– Ça y est, c'est fini. Fini, fini, fini...

Les flics avaient dû planquer leurs voitures un peu plus bas et monter à pied pour attendre Sergueï. J'ai regardé Marguerite, elle a plongé ses yeux remplis de larmes dans les miens. Mon frangin a mis son bras autour de mes épaules, j'ai fermé les yeux et on est restés comme ça, sans rien dire.

Après, j'ai eu du mal à suivre, je me sentais de plus en plus vaseux. Les flics ont fait irruption dans le garage, suivis par un médecin, des brancardiers, une infirmière. Les uns se sont précipités sur nous, les autres se sont éparpillés dans la maison. Une femme s'est penchée sur moi, m'a pris le pouls, la tension, puis m'a tâté très délicatement la nuque en me posant des questions auxquelles je n'ai pas pu répondre.

– Tu as subi un gros choc, m'a-t-elle expliqué, mais je ne pense pas que ce soit très grave. On va t'emmener à l'hôpital pour te soigner. D'ailleurs, on vous emmène tous les trois. Vous appellerez vos parents depuis l'ambulance, ils doivent être morts d'inquiétude.

On m'a basculé avec d'infinies précautions sur un brancard. Marguerite a posé quelque chose dans la paume de ma main et a replié mes doigts dessus, puis on m'a soulevé pour m'emmener dehors. Les portes d'une ambulance se sont ouvertes, on y a engouffré mon brancard, j'ai entendu :

– Vous deux, vous nous suivrez dans la deuxième ambulance.

Et la voix de Marguerite :

– Madame, s'il vous plaît, c'est… c'est mon copain, je peux monter avec lui ?

Mon copain ? Je devais être en train de rêver ou de délirer. Je n'ai pas saisi la réponse, mais Marguerite s'est assise à côté de moi. Sa main s'est posée sur la mienne, fraîche et douce, comme si c'était sa place, comme si c'était naturel. J'ai voulu parler, j'ai juste réussi à dire :

– Marguerite… amoureux… depuis… la rentrée.

Elle m'a répondu :

– Chut Max, repose-toi. Moi aussi, depuis la rentrée…

Max… Depuis la rentrée… Mon corps s'est détendu des pieds à la tête, même la nuque, même les épaules. J'ai souri, je venais de comprendre ce que Marguerite m'avait glissé dans la main. Le médaillon des Mulmann.

D'ORES ET DÉJÀ

J'ai passé quatre jours à l'hôpital. J'y ai subi une batterie d'examens à l'issue desquels il s'est avéré que je n'avais rien de trop sérieux : léger traumatisme crânien, contusions et entorse cervicale. J'en serais quitte pour porter une minerve jusqu'à la Toussaint.

Les visites n'ont pas cessé : mes parents, Noé et ses deux copains, Arthur et Fatou, main dans la main, les cousins et même Claverie, ma prof principale.

Margot ne s'est pas déplacée, son médecin lui imposait le repos total. En revanche, elle m'appelait chaque jour pour prendre de mes nouvelles et surtout, me confirmer que je n'avais pas rêvé ni déliré. Elle était bel et bien amoureuse de moi depuis que je m'étais agenouillé devant elle, le jour de la rentrée. Je ne me lassais pas de le lui faire répéter.

Le deuxième jour, un lieutenant de police est venu recueillir mon témoignage. Avant qu'il commence à m'interroger, j'ai voulu savoir comment allait « Paul services, petits travaux du bâtiment », l'homme blessé que j'avais vu dans la chambre au-dessus.

– Ah, Paul Mazeran. Il a une fracture du crâne, mais ne t'inquiète pas, il a repris connaissance, il va s'en sortir.

Sans même que je le lui demande, le policier m'a raconté toute l'affaire, dans les grandes lignes. Fred et Nico, son complice, avaient fait main basse sur les œuvres de Mulmann, puis s'étaient séparés pour brouiller les pistes. Fred avait ensuite agressé M. Mazeran afin de se planquer dans sa maison, en attendant de conduire les tableaux à Paris d'où ils embarqueraient pour l'Australie, où vivait le collectionneur commanditaire du vol. Dans le bois, juste avant que j'arrive, Fred s'était débarrassé du type qui les avait renseignés sur le coup, sous prétexte qu'il réclamait une part plus importante que prévu.

– Ils sont sous les verrous, maintenant, le Russe aussi, a conclu le lieutenant. C'est en grande partie grâce à vous qu'on a arrêté tout ce petit monde, mais à l'avenir, toi et tes amis, abstenez-vous de jouer aux gendarmes et aux voleurs dans un bois désert, la nuit, sans l'autorisation de vos parents !

Le cinquième jour, en milieu de matinée, mon père est venu me chercher. Il a attendu qu'on soit installés tous les deux dans la voiture pour retirer ses lunettes, se tourner vers moi, joindre ses deux mains et prononcer solennellement :

– Maxou, maintenant que ça va mieux, je ne te cache pas que nous allons devoir discuter très sérieusement.

J'ai voulu hocher la tête, mais je n'ai pas pu.

– Oui papa.

Il a regardé au loin, pensif, avant de poursuivre :

– Nous en reparlerons plus tard, mais sache d'ores et déjà que ta mère et moi avons pris une décision…

Aïe aïe aïe… Ça sentait la privation. Plus d'ordi, plus de télé, plus d'ordi ni de télé. J'ai tenté en vain de rentrer le cou dans les épaules, redoutant le verdict.

– … Ton frère et toi aurez des portables dès la semaine prochaine. Il est hors de question que votre sécurité soit à nouveau mise en jeu parce que vous ne pouvez joindre personne.

Sur ce, il a démarré.

Il m'avait annoncé la nouvelle d'un ton très grave, alors j'ai adopté une mine de circonstance en m'efforçant de dissimuler l'énorme bouffée de joie qui s'emparait de moi. Des portables dès la semaine prochaine...

Quand on est arrivés à la maison, ma mère m'a ouvert la porte et m'a aussitôt chuchoté à l'oreille :

– J'ai une surprise pour toi.

Noé a fait semblant de me donner une bourrade dans le dos et il a lâché :

– T'es encore plus raide que Robocop.

Je les ai suivis dans la cuisine où maman a fièrement désigné ma surprise : une vertigineuse pile de gaufres. Des gaufres pâlichonnes, plus molles que des éponges mouillées.

Noé m'a fait un clin d'œil et j'ai soupiré d'aise. Ce que c'était bon de rentrer à la maison !

MAIN DANS LA MAIN

Un mois et demi plus tard, on était en vacances. Je n'avais jamais attendu la Toussaint avec une telle impatience. Pas parce que j'étais autorisé à retirer ma minerve, non, mais parce que Margot allait changer de prothèse, gagner en mobilité et se sentir mieux dans sa peau.

Elle m'avait demandé de ne pas l'appeler quand elle serait au centre de rééducation, elle me contacterait quand elle serait prête. J'attendais son coup de téléphone depuis cinq jours, je n'en pouvais plus. Arthur et Fatou faisaient leur possible pour me changer les idées. Une fois ma minerve enlevée, on avait été au cinéma, à la patinoire, à la piscine mais mon humeur devenait de plus en plus sombre.

J'imaginais le pire. La nouvelle prothèse n'était pas adaptée, Margot était déprimée, elle ne voulait plus me voir…

Le sixième jour, la sonnerie spéciale Marguerite de mon portable tout neuf a retenti. J'ai décroché en tremblant.

– Max, ça y est, je suis sortie.

Sa voix était gaie, plus que jamais. J'ai risqué :

– Alors ?

– Alors tu verras…

– Quand ? Aujourd'hui ?

– Non, là, je suis épuisée, il faut que je me repose. Mais viens aux Trois-Chênes, demain, à quatorze heures.

Les Trois-Chênes. Le cimetière. On allait enterrer le médaillon ensemble. Elle avait juré que c'était la première chose qu'elle ferait lorsqu'elle sortirait du centre.

– OK, j'y serai. Heu, Margot ?

– Oui ?

– Je t'adore !

Le lendemain, je suis arrivé aux Trois-Chênes avec une demi-heure d'avance. Je bouillais d'impatience. Je me retournais sans cesse pour surveiller les bus qui s'annonçaient au loin, déçu à chaque fois que ce ne soit pas celui que j'espérais.

À quatorze heures pile, le 18 s'est arrêté à quelques mètres de moi. Je me suis figé, le souffle court. J'ai vu les portes s'ouvrir et elle est sortie, très lentement. Elle, ma Marguerite, sans béquilles… Mes yeux se sont embués, mes mains tremblaient au fond de mes poches. Elle s'est avancée jusqu'à moi en boitant à peine, un sourire radieux sur les lèvres. Mes bras se sont ouverts pour se refermer tout doucement sur la fille que j'aimais et qui, sans aucune aide, tenait enfin sur ses jambes. Je l'ai serrée fort, elle m'a caressé les cheveux en chuchotant :

– T'as pris le médaillon ?

J'ai hoché la tête, incapable de prononcer un mot. Elle s'est écartée légèrement, sourire arc-en-ciel sur ciel de pluie, et m'a dit :

– Allez viens, on y va.

Elle a glissé ses doigts entre les miens et, pour la première fois, nous avons marché côte à côte, main dans la main.

L'AUTEUR

Agnès Laroche est née en 1965 à Paris, elle vit aujourd'hui à Angoulême.
Son principal trait de caractère : la distraction, son mari et ses trois enfants peuvent hélas en témoigner chaque jour ! Même quand elle est là, elle est ailleurs. Un ailleurs où fourmillent les rêves et les idées grâce auxquels elle invente des histoires pour les enfants, les adolescents ou leurs parents. Elle est l'auteur de nombreuses fictions diffusées à la radio, de romans pour la jeunesse et de récits publiés en presse enfantine.
Son plus grand plaisir : faire en sorte que ses livres soient autant de petites maisons dans lesquelles les lecteurs se sentent chez eux, de la première à la dernière page.

DANS LA MÊME COLLECTION

L'affreux soupçon, Norah McClintock
À l'heure des chiens, Évelyne Brisou-Pellen
Allô ! Ici le tueur, Jay Bennett
Arrêtez la musique !, Christian Grenier
Assassinat rue Morskaïa, Michel Honaker
L'assassin est un fantôme, François Charles
@ssassins.net, Christian Grenier
Avant qu'il soit trop tard, Stéphane Daniel
Big Bug, Christian Grenier
Brigade sud : la chambre vide, Jean-Luc Luciani
Brigade sud : crime parfait ?, Jean-Luc Luciani
Brigade sud : la disparition, Jean-Luc Luciani
Brigade sud : le jeu du tueur, Jean-Luc Luciani
Brigade sud : le train fantôme, Jean-Luc Luciani
Cadavre au sous-sol, Norah McClintock
Cadeau mortel, collectif d'auteurs
Cinq degrés de trop, Christian Grenier
Coupable idéal, Jean Molla
Coups de théâtre, Christian Grenier
Croisière en meurtre majeur, Michel Honaker
Dérapages en série, Gilles Fresse
La disparue du canal, Geneviève Senger
Fantôme sous la pluie, Hubert Ben Kemoun
Folle à tuer ?, Catherine Missonnier
L'heure de la vengeance, Catherine Missonnier
Un jour à tuer, Hubert Ben Kemoun
Meurtre au lycée, Geneviève Senger

Mort sur le net, Christian Grenier
Murder party, Agnès Laroche
Des nouvelles de Logicielle, Christian Grenier
L'oiseau de mort du cap Horn, Jean Merrien
L'Ordinatueur, Christian Grenier
Un parfum de meurtre, Sarah K.
Pleins feux sur scène, Hubert Ben Kemoun
Plongée fatale, Jacques Asklund
Seules dans la nuit, Aubert & Cavali
Simulator, Christian Grenier
Sombre trafic, Catherine Missonnier
La sorcière de midi, Michel Honaker
Souviens-toi de Titus, Jean-Paul Nozière
Sur la liste des suspects, Vicki Grant
Trois cartes à abattre, Michel Honaker
Un tueur à la fenêtre, Stéphane Daniel
Vacances criminelles, Alain Surget
Les visiteurs d'outre-tombe, Stéphane Daniel

Retrouvez tous les titres de la collection

Heure noire

sur le site **www.rageot.fr**

Achevé d'imprimer en France en juillet 2010
sur les presses de l'imprimerie Hérissey à Évreux
Dépôt légal : juillet 2010
N° d'édition : 5222 - 02
N° d'impression : 114504